블랙요원

black agent

블랙요원

펴 낸 날 2023년 05월 03일

지 은 이 윤성환
펴 낸 이 이기성
편집팀장 이윤숙
기획편집 서해주, 윤가영, 이지희
표지디자인 서해주
책임마케팅 강보현, 김성욱
펴 낸 곳 도서출판 생각나눔
출판등록 제 2018-000288호
주　　소 경기도 고양시 덕양구 청초로 66, 덕은리버워크 B동 1708호
전　　화 02-325-5100
팩　　스 02-325-5101
홈페이지 www.생각나눔.kr
이 메 일 bookmain@think-book.com

• 책값은 표지 뒷면에 표기되어 있습니다.
 ISBN 979-11-7048-557-5 (03810)

윤성환 소설집

블랙요원

black agent

**낯선 사람들의 미행 그리고
이상한 일들에 대한 추론**

생각나눔

| 목 차 |

블랙요원

블랙요원을 만난 것은 서른한 살 가을이었다. 그리고 서른한 살 봄부터 가을까지 내게 일어났던 이상한 일들은 호수 위로 떨어진 돌멩이처럼 평온했던 물결 위로 동심원의 파문을 일으키다 다시 잔잔하고 고요해진 푸른 물결 속으로 숨어버렸다.

겨 울

(Jay Chou - First Kiss ♪)

서른 살 가을. 층간소음이 시작되었다.

위층으로 젊은 부부가 이사를 오고 나서였다. 그리고 그날 이후 계속해서 쿵쿵거리는 소리가 들렸다. 아침 8시부터 밤 10시까지 쿵쿵거리다 밤 10시가 넘어가면 조용해졌다.

세탁기 돌리는 소리. 화장실을 사용하는 소리. 가구를 움직이는 소리. 그런 생활소음이 아니라 그냥 두 사람이 마구 뛰어다니는 소리였다.

외출을 마치고 나서 현관문을 열고 집 안으로 들어가면 내 조용히 있다 위에서 갑자기 뛰어다니는 식이었다. 사는 곳은 복도식 주공아파트였다. 지어진 지 오래된.

서른 살 가을, 노량진 학원을 다니고 있었는데 독산역에서 상행선 열차를 타고 노량진역까지 이동해 학원에서 수업을 듣고, 늦은 저녁, 수업이 끝나면 노량진역에서 하행선 열차를 타고 다시 돌아오고는 했다.

그러던 어느 겨울 저녁이었다. 항의를 하러 위층으로 올라갈 생각이었다. 아침부터 저녁까지 뛰어다녔던 시간들을 조목조목 말해 기를 누를 심산으로.

낮에도 몇 번 찾아간 적이 있었지만 사람이 없거나, 자기네는 아니니 다른 집을 알아보라는 식이었다.

그리고 그날 밤. 계단을 타고 위층으로 올라갔

고, 15층 복도에 서서 위층 집의 현관문의 초인종을 눌렀다.

그러나 예상치도 못하게 문이 벌컥 열리며 아저씨는 기합 소리를 내며 거칠게 뛰쳐나왔고, 뒤에 서 있던 아줌마는 핸드폰으로 경찰서에 신고를 했다. 그리고 핸드폰 카메라로 나의 얼굴을 비추었다.

나는 놀라서 비명을 지르듯 말했다.
"찍지 마세요! 초상권 침해입니다!"
겁을 먹은 나는 다시 복도를 지나 계단을 타고 집으로 돌아가려 했지만 아저씨는 임무를 수행하듯 절제된 동작으로 계단까지 잽싸게 뛰어가더니 내 앞을 막아섰다. 계단을 이용할 수 없게.

엘리베이터를 타고 14층으로 내려가려 하니 이번에는 엘리베이터 문 앞을 막아섰다. 그리고 그 사이 젊은 부부는 엘리베이터 앞, 복도 중앙에 서 있던 나를 에워쌌고, 경찰이 도착할 때까지 가만히 있으라고 했다.

한밤중. 전등에 노란 불이 들어온 조용했던 복도는 젊은 부부와의 말싸움으로 소란스런 소리가 복도 전체에 울렸지만 문을 열거나 구경을 나온 이웃은 없었다.

그리고 5분에서 10분 사이. 1층에서 15층까지 올라온 엘리베이터의 문이 열렸고, 두 명의 경찰관이 내렸다. 그리고 나와 젊은 부부, 두 명의 경찰관은 함께 엘리베이터를 타고 1층으로 내려갔다. 아파트 주차장에서 두 명의 경찰관은 나와 젊은 부부를 각각 따로따로 떼어놓은 다음 신원을 확인했다.

그리고 젊은 부부는 사건 접수를 요청했고, 경찰관은 내게 말했다. 이분들이 사건접수를 요청했으니 며칠 후에 관할 경찰서에서 연락이 갈 거고, 그때 전화를 잘 받으라고.

봄

며칠 후 관할 경찰서에서 연락이 왔다. 그리고 경찰관은 말했다. 현관문 앞에 서서 초인종을 눌렀지만 집 안으로 들어간 것은 아니니까 주거침입죄에 해당되지 않는다고.

그렇게 사건은 종결되었다. 위층으로 올라가지 말라는 경고를 끝으로.

그리고 그날 이후 위층으로 올라간 적은 없었다. 겨울이 흘러가는 동안 위층에서는 계속해서 쿵쿵거리는 소리가 나 괴로웠지만 할 수 있는 건 없었다. 정의로운 누군가 16층으로 이사를 와줬으면 좋겠다는 생각이 들었지만, 15층이 맨 위층이었다. 슬프게도.

봄이 왔을 때는 노량진에 있는 고시원을 얻었다. 이대로 가다가는 망할 것 같다는 생각이 들었다. 그렇게 봄에 집을 나왔다.

고시원 3층 창문 밖으로 펼쳐진 눈이 쌓인 노량진 골목길의 풍경. 고시원의 1, 2층은 여학생들이 사용했고, 3, 4층은 남학생들이 사용했다. 화장실은 각 층마다 복도에 있었고, 세탁기는 화장실 안에 있었다. 학생들이 공동으로 사용하는….

그리고 5층에는 공용 주방이 있고, 한 층 더 계단을 밟고 올라가면 옥상이 나왔다.

9급 공무원 시험. 국어, 영어, 한국사, 행정법, 행정학…. 학원에서 하는 수업은 각 과목당 두 시간 내지 세 시간 정도 진행됐고, 한 과목의 수업이 끝나면 다른 과목 수업이 진행되는 강의실로 이동해 수업을 듣는 식이었다.

　수업이 끝나면 빈 강의실에서 자습을 하거나 고시원으로 돌아와 방 안에서 수험서를 펼치고 공부를 했다.

　그때 나의 생활은 평일에는 노량진에서 보내다, 주말에는 가끔 노량진역에서 하행선 열차를 타고 집으로 돌아가는 식이었다.

　그러던 어느 날, 서른한 살 봄. 내게는 이상한 일이 일어났는데 길에서 나를 의미심장하게 쳐다보거나 특정한 동작을 반복하는 낯선 사람들을 마주치는 거였다.

　예를 들어 금요일 저녁, 노량진역에서 독산역으로 향하는 하행선 열차를 기다릴 때 승강장에서 어떤 사람1이 나를 의미심장하게 쳐다봤는데, 월요일 아침, 집 앞 버스정류장에서 독산역으로 향하는 마을버스를 기다리는 동안 금요일 저녁, 노량진역에서 마주쳤던 어떤 사람1이 내 앞을 지나가는 식이었다. 우연이라고 하기에는 조금 이상한.

또 노량진 서점 안에서 책을 고르고 있을 때 어떤 사람2가 휘파람을 불며 모자를 벗었다 썼는데, 다음날 저녁 고시원을 나와 골목길을 걷다 보면 똑같이 휘파람을 불고 나서 모자를 벗었다 쓰는 어떤 사람3과 마주쳤다. 어제 마주쳤던 사람과 똑같이 행동하는.

월요일, 화요일, 수요일…. 거의 날마다 그러면서 사람은 매일 바뀌었다. 어떤 사람4, 어떤 사람5, 어떤 사람6….

봄

　서른한 살 봄. 내가 낯선 사람들로부터 미행을
당하고 있다는 것을 알게 되었다. 그리고 어떤 사
람1, 어떤 사람2, 어떤 사람3….

　미행을 하는 사람들은 정보기관의 직원일 거라
는 생각이 들었다. 직감적으로.

　그리고 미행을 당하는 이유에 대해 생각해보았
다. 여러 생각들이 거품처럼 일어났다 흩어졌다.

　그러다 아마도 스물아홉 여름에 썼던 첫 소설
때문일 거라는 생각을 하게 됐다.

피카레스크 소설. 악동 같은 캐릭터가 사회적 모험을 하며 그 과정에서 벌어지는 에피소드를 나열하는 소설. 풍자적 어조로 재치 있고 위트 있게 이야기를 이끌어나가는.

스물아홉 여름에 썼던 첫 소설이었다. 스물한 살 봄부터 스물아홉 여름까지 있었던 청춘의 에피소드. 자전적 소설. 그러면서 피카레스크 스타일로 이야기를 풀어나가는.

군대, 대학생활을 비롯해 주로 취업, 구직과정 그리고 이직을 하며 벌어졌던 에피소드들.

스물아홉 봄부터 첫 소설을 쓰는 데는 두 달 정도가 걸렸다. 그때도 공무원 시험공부를 하고 있었고, 이따금 밤이 되어 감정이 차오를 때는 소설을 휘갈겼다. 비운의 천재라도 된 것처럼.

영문학을 전공했지만 작가를 꿈꾼 적은 없었다. 소설을 쓰고 나서는 정식 작가가 되기 위해 신춘문예에 응모한다든지 문예출판사에 투고를 하지는 않았다.

시대와 불화라도 하는 것처럼. 문학적 농담처럼 표현했지만, 사실 자비출판을 하고 한 권의 책이 나오면 그만이었다.

책을 100부, 200부 소량으로 인쇄하는 자비 출판사를 찾아가 출간 비용을 지불한 뒤에 책을 펴냈다. 한 권의 소설책으로.
젊은 날의 이야기가 영원했으면 좋겠다는 생각이 들었다.

그리고 2년이 흘렀다. 서른한 살 봄, 내게는 이런 이상한 일이 일어났지만 아무리 그 이유에 대해 곰곰이 생각해보아도 '첫 소설' 그것 말고는 다른 이유가 떠오르지 않았다.

그러니까 정보기관의 간부가 우연히 나의 책을 읽고, 다양한 에피소드로 점철된 나의 이야기에 흥미를 느껴서 호기심을 갖고 나를 염탐하는 것이라 생각했다.
그것 말고 내게 특별한 이유가 있을까.

어쨌거나 봄이 흘러가는 동안 노량진의 골목길. 한강이 흐르는 용산대로. 63빌딩이 보이는 사육신 공원. 노량진 일대를 산책하거나 버스정류장, 지하철 승강장에서 버스나 열차를 기다리는 동안 의미심장한 눈빛으로 쳐다보거나 휘파람을 불며 모자를 벗었다 쓰거나 머리를 쓸어 넘기며 과장된 동작을 취하는 사람들을 마주쳐야 했는데 그럴 때마다 나는 어떤 암시를 받는 기분이 들었다. 정보기관으로부터 미행, 감시를 당하는….

우리는 당신을 미행하는 중입니다. 감시하는 중입니다.

하지만 하루 이틀도 아니고, 일주일, 보름, 한 달이 넘어가면서 이런 일이 계속 일어나도 내가 할 수 있는 건 없었다.

누군가에게 도움을 요청할 수도 없고, 직접 물어보자니 "아닌데요." 또는 "사람 잘못 보셨습니다."와 같은 뻔한 대답이 돌아올 것 같고. 그렇다고 신고를 하자니 횡설수설하는 사람처럼 보일 듯했다.

"제가 월요일 점심에 서점에서 휘파람을 불며 모

자를 벗었다 쓰는 어떤 사람을 봤는데 화요일 저녁
에는 고시원 앞 골목길에서 그 사람의 동작을 똑
같이 따라 하는 다른 사람을 봤습니다. 아무래도
정보기관의 직원들이 저를 미행하는 것 같습니다."

이렇게 신고를 하자니 경찰이 출동하지도 않을
뿐더러 장난전화를 걸었다는 것으로 불이익을 입
을 거란 생각이 들었다.

그래서 그냥 신경을 끄는 수밖에 없다는 생각이
들었다. 마치 드라마 속 차를 쫓아오며 차창 밖에서
무어라 떠들고 욕을 퍼붓는 사람들을 신경 끈 채 창
문을 올리며 무심한 눈빛으로 앞만 보는 사람처럼.

하지만 무엇보다 신경 쓸 수 없었던 것은 시험이
다가오고 있었기 때문이었다. 4월 중순에는 국가직
시험이 있고, 6월 중순에는 지방직 시험이 있었다.

합격 점수가 과목당 평균 90점이라면 작년에도
재작년에도 시험 점수는 늘 80점, 85점 정도가
나왔다. 그러니까 땡땡이를 치며 노는 것도 아니

고, 공부는 꾸준히 하지만 점수가 일정 수준에서 오르지 않고, 시험은 매년 떨어지는.

공부 방법이 잘못된 걸까. 아이큐의 한계인 걸까. 아니면 간절함이 없던 탓일까.

어쨌거나 어느덧 서른한 살이었다. 그리고 나는 올해를 레드라인으로 생각하고 있었다. 마흔 살, 쉰 살에도 합격을 하는 사람이 있다지만 나는 몇 년 동안 너무 긴 수험생활을 해왔다.

그래서 올여름, 시험이 끝나고, 이번에도 결과가 좋지 않는다면 다시 사회로 복귀해 일을 시작할 생각이었다.

봄

국가직 시험이 끝났다. 결과는 합격 점수가 90점이라면, 80점 정도….

그리고 보름이 흘렀다. 고시원 주인아주머니는 말했다. 한 달 동안 실내 인테리어 공사를 해야 돼서 나흘 이내에 방을 빼야 한다고.

"공부하는데 미안해서 어쩌나. 갑자기 공사를 하게 돼서. 옆 고시원으로 옮기면 월 23만 원인데 사장님이 21만 원까지 해준다고 했어요."

갑작스럽게 방을 빼야 하는 학생들을 위한 배려

였달까. 주인아주머니는 총무실로 학생들을 한두 명씩 불러 사정을 설명했다.

그리고 방으로 돌아온 나는 달력을 보며 계산했다.

오늘이 5월 3일이라면, 지방직 시험은 6월 15일 정도에 있었다. 그러니까 지방직 시험까지 한 달 조금 더 넘게 남은 셈이었다.

그리고 고시원을 새로 한 달 치를 끊는다고 생각해봤다. 그러면 6월 5일쯤 방을 빼야 하는데 열흘 동안 집에서 공부할 자신이 없었다. 머릿속에서는 천장에서 들리던 쿵쿵거리는 소리가 떠올랐다. 집에서 공부를 한다면 지방직 시험은 보나 마나일 거라 생각했다.

그렇다고 두 달 치를 끊을 수도 없었다.

시험은 6월 15일에 끝나는데, 7월 5일까지, 남은 시간 동안 노량진에 남아 있을 이유가 없었다.

지방직 시험도 국가직 시험처럼 80점, 85점 정도 나올 거라 생각하고 있었다. 지방직 시험이 끝나고 나면, 여름이 흘러가는 동안 일자리를 구하고, 감정이 차오르는 밤이 되면 소설을 쓸 생각이었다. 그리고 새로운 취미도 배워볼 생각이었다. 칵테일 제조라든지.

여행도 많이 다녀볼 생각이었다.

고시원 방을 쓰던 대부분 학생들이 옆 고시원으로 옮겼는지, 다른 고시원을 찾아서 갔는지 모르겠지만, 어쨌거나 5월 초. 나는 집과 가까운 곳에 원룸을 얻어야겠다는 생각이 들었다. 일종의 결심 같은 것이었다. 어느 봄날에 세운 계획이랄까.

결국 그 주, 일요일 점심, 독산동에 위치한 한 부동산 중개사무소 영업사원의 차를 얻어 타고 역과 가까운 원룸 몇 곳을 둘러봤다.

어떤 곳은 앞에 있는 상가건물 때문에 채광이 좋지 못했고, 어떤 곳은 방의 분위기가 조금 음침했다.

그리고 그날, 방 몇 군데를 둘러보다 마음에 드는 방을 발견했다. 간이침대, 책상과 의자, 옷장, 세탁기. 모든 것들이 괜찮았다.

차창 밖으로 보이는 독산역과 철길, 담벼락을 따라 늘어선 빌딩들. 차창 밖의 풍경도.

결국 입주를 결정했다. 중개사무소 직원은 내일부터 방을 써도 된다고 했다.

월요일 아침. 방 안에 있던 수두룩한 책들, 짐짝처럼 많은 옷가지들, 그리고 책상 위에 있던 노트북, 모든 짐을 빼 고시원 앞 전봇대에 주차하고 있던 아빠 차의 트렁크에 실었다.

아빠는 운전석에 앉았고, 나는 뒷좌석에 앉았다. 그리고 차는 노량진 골목길을 빠져나갔다.

봄

원룸으로 옮기기 전 가족회의를 연 적이 있었다. 그리고 그날, 나는 부모님한테 말했다.

"이번 시험이 마지막이야. 최선을 다하겠지만 이번에도 안 되면 일자리를 얻으려고. 계속 공부만 할 수는 없잖아요."

부모님한테는 독산동 원룸을 얻을 거라고 말했다. 그리고 독산동에서 일자리를 구한 다음 평일에는 원룸에서 지내고 주말에는 집에 들를 거라고 말했다.

노량진 고시원에서 지낼 때처럼.

하지만 이따금 밤이 되면 원룸 방 안에서 소설을 쓸 거라는 계획은 말하지 않았다. 그리고 지금도 감정이 차오르는 밤에는 조금씩 소설을 쓴다는 비밀도.

독산동 원룸으로 가는 길은 독산역 1번 출구로 빠져나온 다음 철길 옆 담벼락이 이어진 좁은 길을 따라 10분가량 쭉 걸어가다 횡단보도를 건너 골목길 안으로 접어들면 됐다.

그리고 골목길 안으로 들어서면 불이 꺼진 공장이 보였다. 늦은 밤, 노란 불빛이 흘러나오는 슈퍼도. 골목 안으로는 레고처럼 원룸 건물과 빌라 그리고 상가 건물들이 모여 있었다.

원룸 건물은 6층짜리였고, 방은 2층부터 6층까지. 각 복도마다 다섯 개의 방이 있었다. 그리고 1층에는 관리실이 있었다. 집주인 부부 내외가 근무하며, 휴식하는.

주말이 되면, 집에 들러 하룻밤 잤다, 다음날 배

낭가방에 읽을 책, 옷들을 담아 집을 나섰다.

집(광명시 하안동)에서 독산동 원룸까지 버스를 타지 않고 안양천을 넘어 쭉 걸어가면 30분이 걸렸고, 집 앞 정류장에서 버스를 탄 다음 독산역 앞에서 내려 역에서 원룸까지 걸어가면 20분 정도 걸렸다. 집에서 원룸으로 넘어갈 때는 버스를 탈 때도 있었고, 안양천을 지나 걸어갈 때도 있었다.

그리고 봄이 지나갈 무렵에도 낯선 사람들의 미행은 계속되었다.

처음에는 휘파람을 불며 모자를 벗었다 쓰거나, 손을 크게 흔드는 식으로 과장된 동작을 취했는데 점점 동작이 점잖게 변해 있었다.

가령 의미심장한 눈빛으로 쳐다보다 머리를 쓸어 넘기거나 아니면 턱이나 뺨을 잠깐 만지는 식으로.

그래서 점점 헷갈렸다. 미행을 하는 낯선 사람

들과 행인들 사이에서. 특정한 동작을 취하는 사람들은 평범해 보였다. 얼굴도, 인상도, 옷차림도.

서너 번 정도는 의심되는 사람에게 다가가 창피함을 무릅쓰고 "실례지만 혹시…." 운을 떼며 직접적으로 물어본 적도 있지만 본전도 찾지 못했었다.

경계하듯 피하거나 시큰둥한 표정을 지으며 건성으로 대답하고 지나가는 식이었다.

그리고 그때 나는 짐작하고 있었다. 내가 정보기관으로부터 위치추적을 당하고 있다는 것과 봄이 흘러가는 동안 계속해서 이런 미행을 당하는 것에는 어떤 목적이 있을 거라고.

낯선 사람들의 미행 그리고 여름

뾰족한 수는 없었다. 두더지잡기를 할 때처럼 낯선 사람들은 과장된 동작과 표정, 눈빛으로 얼굴을 빼꼼 내밀어 나의 시선을 끌었다. 다음날이면 새로운 사람이 나타나 또 과장된 동작과 표정, 눈빛으로 나의 시선을 빼앗은 다음 다가갈까 망설이는 사이 횡단보도를 건너 길목 어딘가로 사라지거나 역사 안으로 들어가 에스컬레이터를 타고 사라지는 식이었다.

그 후에도 서너 번 정도 더 낯선 사람에게 다가가 직접적으로 물어본 적도 있지만 헛수고였다.

여름이 흘러가는 동안 원룸 안에서 나의 생활은 낮에는 공부를 하고, 밤에도 공부를 했지만 이따금 어떤 밤에는, 소설이 쓰고 싶은 밤에는 소설을 쓰기도 했다.

그러다 이상한 현상이 생겼던 건 방에 들어온 지 열흘 정도가 지나서였다.

내가 소설을 쓰는 방식은 귀에 이어폰을 꽂고 음악을 들은 다음 어느 정도 감정이 차오르면 노트북을 켜고 소설을 쓰는 것이었다.
그런데 어느 날부터 소설을 쓰려고 할 때마다 원룸 방의 천장에서 바닥을 콕콕 두드리는 소리가 났다.

걷거나 가구를 이용할 때 나는 소리가 아니었다. 방망이 같은 것으로 바닥 똑같은 곳을 반복적으로 내려칠 때 나는 소리였다.

그때 어떤 직감이 들었다. <u>작년 가을, 위층으로 이사를 와 마구잡이로 뛰던 젊은 부부. 길거리에</u>

서 특정한 동작을 하는 낯선 사람들. 소설을 쓰려고 할 때마다 원룸 천장을 누군가 콕콕 찍어대는 듯한 소리가 나던 것도.

세 가지가 모두 연관이 있을 거라는 생각이 들었다. 가령 이 사람들이 한패라든가. 정보기관 소속의.

하지만 원룸 방의 위층으로 곧장 올라가볼 수는 없었다. 601호의 초인종을 누르기보다 1층으로 내려가 관리실에 있던 집주인 아저씨와 대화를 나누는 게 나을 거란 생각을 했다.

아저씨는 601호에는 사람이 없다고 했다. 오래전부터 지내던 사람이 있지만, 현재 일 때문에 지방에 내려가 있다고 말했다.

나의 의심은 쉽게 걷히지 않았다. 방 안에 그분의 친척이나 혹은 지인이 와서 머물고 있을지도 모른다는 생각이 들었지만 아저씨는 자신이 틈틈이 CCTV를 확인하는데 601호 방에서 나오거나 안으로 들어가는 사람은 못 봤다고 말했다.

집주인 아저씨한테 낯선 사람들한테 미행을 당하고 있다든가 내게 일어나고 있는 이상한 일들에 대해 말할 수는 없었다. 이런 대화가 달가울 리 없었다.

결국 대화는 짤막하게 끝났고, 나는 다시 방 안으로 들어왔지만 분명 601호 안에 사람이 있을 거라 생각했다.

인기척도 없이 내 조용하다 소설을 쓰려고 할 때면 갑자기 바닥을 콕콕 찍어대는 현상은 누군가 601호 방 안에 은밀하게 숨어 있을 때나 가능한 일이었다.

그리고 그때는 그렇게 생각하고 있었다.

그날 이후 나는 원룸 방을 나와 잠깐 슈퍼를 갔다 돌아올 때나 외출을 마치고 원룸 방으로 돌아오는 길에, 골목길에 잠깐 서서 601호 창가의 불빛을 확인했다. 핸드폰을 지참한 채.

증거를 직접 수집하는 수밖에 없다고 생각했다. 601호의 창가에는 늘 불빛이 꺼져 있었는데 어느 날, 수요일이든 목요일이든 창가에 불빛이 들어왔다면 사진을 찍어놓을 생각이었다. 누군가 601호 방을 사용한다는 증거가 될 거라 생각했다. 미행하는 사람들과 연관된 것일지도 모를.

하지만 601호 창가의 불빛은 늘 꺼져 있었고, 인기척도 없다 소설을 쓰려고 할 때면 쿵쿵거리는 소리가 들렸는데, 내가 할 수 있는 일은 아무것도 없었다. 무기력하게 신경을 끄는 것 말고는.

지방직 시험은 보름도 남지 않았었고, 어쨌거나 공부를 하는 데에는 큰 지장이 없었다.

하지만 그해 여름날 밤에 썼던 소설들은 다음날 아침이 되면 엉망이 되고는 했다. 모래사장 위에 새겨놓은 이름들이 해가 뜨는 사이 바람과 바닷물에 쓸려 내려가는 것처럼.

여 름

여름에는 두 번 바다를 찾았다. 혼자서 떠난 여
행이었다. 포항과 부산.

6월 중순. 지방직 시험이 끝났고, 포항으로 향
하는 KTX 열차표 한 장을 구매했다.

그때도 집과 원룸을 오가고 있었다. 방을 곧장
옮기거나 뭘 할 수는 없었다. 계약기간이 1년이라,
아직도 기간이 한참 남아있는 데다 다른 곳으로
방을 옮겨도 똑같이 이상한 일들이 일어날 거라는

생각이 들었다.

예를 들어 내가 새 원룸, 403호 방으로 이사를 가면 402호 내지 503호로 '낯선 사람'들이 이사를 올 것만 같았다.

여름이 흘러가는 동안 길거리에서 특정한 동작을 하는 사람들과 아파트 위층 집의 쿵쿵거리는 소리. 그리고 원룸 방에서 소설을 쓰려고 할 때마다 천장바닥에서 나는 소리에 관한 생각이 계속해서 머릿속을 맴돌았다.

그리고 그것들은 나의 생각을 복잡하게 만들었다.

포항에 도착해서는 영일대 해변과 제철소가 보이는 형산강을 둘러봤다. 그리고 그날도 미행을 당한다는 느낌이 들었다.

하지만 동작, 표정, 눈빛의 농도가 많이 줄어 있었다. 처음에는 의미심장한 눈빛. 휘파람을 불며 모자를 벗었다 쓴다든지 이런 과장된 동작들.

80%의 농도에서 마치 나를 오래전부터 알았다는 듯 슬며시 쳐다보는 눈빛. 그리고 머리를 쓸어넘기거나 턱을 만지는 식의 평범한 동작. 30% 농도쯤으로 변해 있었다.

낯선 사람들과 평범한 사람들이 점점 구분이 되지 않았고, 낯선 사람들은 평범한 사람들 속으로 슬며시 스며드는 듯했다. 그리고 나는 점점 바보가 되는 기분이었다.

그날, 해변의 모래사장 위를 걸으며 이런 이상한 일들이 봄부터 내게 일어난 이유에 대해 계속 생각했고, 머릿속에서 여러 생각들이 번져갔다.

그리고 머릿속에서 생각들은 100원짜리 동전처럼 데굴거리며 굴러가다 앞면으로 떨어져, 정보기관의 간부가 어쩌다 나의 소설책을 읽고 사생활에 호기심이 생겨 정탐병을 보내듯 부하직원들을 보내 나에 대해 알아보는 것이 아닌지, 이런 생각이 들다가도 뒷면으로 떨어져, 나의 소설 어떤 부분에서, 광대가 풍자를 하는 행동이 본의 아니게 왕의 심기를 건드리는 것처럼 높은 사람의 심기를 건드려 이런 일을 당하고 있는 것이란 생각이 들며, 뒷면으로 떨어지기도 했다.

그리고 나는 회상했다. 첫 소설을 쓴 그때의 감각에 대해. 첫 소설을 쓴 것은 스물아홉 봄이었다. 어느 봄날 밤에, 얼떨결에 나도 모르게 소설을 쓰기 시작했다.

그때의 신비로웠던 감각. 그건 마치 꿈속에서 나무 뒤로 사라지는 요정을 쫓다 환상적인 풍경 속에 갇힌 기분이었다.

소설을 쓰는 동안은 시간이 정지된 듯했고, 그 사이 스물아홉 봄에서 여름은 빠르게 흘러갔다. 그리고 여름에 첫 소설을 완성하고 나서 물건을 어디다 두어야 할지 몰라 어리둥절해 하는 것처럼 인쇄소를 갈지 출판사를 찾아갈지 고민을 하고 있었다.

인쇄소를 찾아가 원고를 출력해 제본을 떠 집에

서만 보관할지. 출판사를 찾아가 출간을 알아볼
지. 그리고 다음날, 주사위가 던져진 것처럼 자비
출판을 전문으로 하는 출판사를 찾아갔다.

출간 비용. 견적서를 확인한 뒤에 출간 계약서에
사인을 했고, 돈을 부치자 출간 작업은 시작되었다.
그리고 여름이 끝나갈 무렵 한 권의 소설책이 나왔
다. 이십 대 시절의 이야기가 담긴 자전소설이었다.

하지만 달라진 것은 없었다. 가끔 밤이 되면, 소
설을 쓰기는 했지만 여전히 노량진에서 공부를 했
고, 직업작가로서의 길을 꿈꾸는 것은 아니었다.
예술가로서의 삶을 꿈꾼다든지. 여전히 나는 잠깐
직장을 다니다 퇴사한 후에 노량진에서 수험생활
을 하는 고시생이었다.

그리고 스물아홉 여름 이후 평범하고 무미건조
한 일상들은 반복적으로 흘러가고 있었다.

소설책은 서점의 서가의 구석에 배치되어 있다

두 달도 안 되어 사라졌다. 산 사람도 많지 않았다. 고작 200부만 인쇄한 책이었다.

어느새 생각은 커튼을 내리듯 끝이 났고, 자조적인 웃음이 흘렀다. 밤은 깊었고, 포항 바다는 형산강으로 흘러들며 철썩거리는 파도소리를 들려주고 있었다.

강의 둔치에 서서 제철소에서 나오는 불빛들을 쳐다봤다. 제철소에서 흘러나온 빨강색, 노랑색, 초록색 불빛들은 번갈아가며 물결 위로 색들을 물감처럼 수놓고 있었다.

여름 그리고 이상한 일들에 대한 추론

7월 여름. 필기시험 결과가 발표되었는데 필기시험은 합격이었다. 운이 따라줬다거나 머리가 좋아서라기보다 너무 많은, 오랜 시간 동안 공부한 탓이었던 것 같다.

그리고 보름 뒤에 있을 면접시험을 준비해야했다.

여름이 흘러가는 동안 면접시험을 준비하면서도 집과 원룸을 계속 오갔다. 아파트에서는 여전히 쿵쿵거리는 소리가 들렸다.

세탁기 돌리는 소리. 화장실을 사용하는 소리. 가구를 옮기는 소리와 같은 생활 소음이 아닌 갑작스럽게 두 사람이 마구 뛰어다니는 소리.

부모님한테 이런 이상한 소음의 수상쩍음에 대해 말을 한 적이 있지만, 이를테면 위층에 사는 사람들과 자연스럽게 엘리베이터에서 마주친 적이 한 번도 없다는 것. 생활소음이 아닌 마구잡이로 뛰어다니는 소리만 난다는 것. 아무리 봐도 평범하게 사는 사람들 같지는 않다고 말하는 나의 의견에는 부모님은 복잡한 수학공식을 듣는 것처럼 귀를 기울이며 들으시면서도 이해하는 척만 하셨다. 너무 복잡하게 생각하지 마라. 이런 반응이셨다.

길에서 특정한 동작을 하는 낯선 사람들, 소설을 쓰려고 할 때면 원룸 방의 천장바닥을 누군가 쿵쿵 내려치는 일에 대해서는 말을 하지 않았다.

그건 순전히 나의 문제로만 느껴졌다. 내가 해결해야 할.

여름이 흘러가는 동안 원룸에서 생활할 수밖에 없었던 이유는 낮에는 조용했기 때문이었다. 밤에도 조용한 편이었다. 외출을 마치고 들어오면 쿵쿵 뛰기 시작하는 집(아파트)과는 달리 소설을 쓰려고 할 때만 쿵쿵거리는 알 수 없는 소음이 일어나는 것을 빼면.

그리고 소리에 예민한 편인 나는 원룸 방 위층에서 나는 소리에 가만히 귀를 기울였다. 소설을 쓰려고 할 때마다 바닥을 찍는 소리. 하지만 그 과정에서 방해를 하는 사람들의 발소리가 미세하게 달랐다.
어떤 사람은 쿵쿵. 어떤 사람은 콩콩.

상식적으로 한 사람이 방 안에 혼자서 계속 있을 거라고 생각하지는 않았다. 누군가와 교대 근무를 할 거라는 생각이 들었다.

하지만 차분히 기다리는 수밖에 없었다. 결정적인 순간에 모두 잡아들이거나 아니면 알아서 지쳐서 물러나거나.

봄에서 여름이 흐르는 동안 이런 일이 일어났으니 보통 일은 아니라는 생각이 들었다.

하지만 나는 콧방귀를 뀌듯 대담하게 생활했고, 거기에 대한 응수였는지 어느새 거리에서 낯선 동작을 하는 사람들의 수는 곱절로 늘어난 듯했다. 쪽수를 더 늘렸다고 해야 되나.

생각보다 내가 태연하자 기관에서 미행을 맡는 직원 수를 더 늘린 것 같다는 생각이 들었다.

여름이 흘러가는 동안 면접 준비를 하면서 많은 시간적 여유가 있었고, 나는 하고 싶은 것들을 차근차근 계획했다. 소설 쓰는 것을 포함해서. 여행을 하는 것도.

여 름

소설에는 여러 양식이 있다.

소설가가 소설을 창작하는 과정을 소설적 줄거리로 쓰는 메타 소설. 전쟁, 폭력 등 비정한 현실을 담담하게 말하는 하드보일드. 헤밍웨이가 쓰던.

그리고 평범한 청년이 우연한 사건을 계기로 그의 내면에 어린 예술가가 들어오고 예술가로서 자의식을 느낀 청년이 성숙한 예술가로 성장해나가는 과정을 그린 예술가소설과 자신의 이야기를 소설적으로 구성하는 자전적 소설.

하지만 특별한 경계는 없다. 메타 소설이면서 예술가소설일 수도 있고, 예술가소설이면서 자전소설일 수도 있다.

여름이 흘러가는 동안 자전적 이야기를 담은 소설, '별이 빛나는 밤'을 쓰고 있었다.

그리고 여전히 소설을 쓰려고 하면 원룸 방에서는 쿵쿵거리는 소리가 났다. 이유는 알 수 없었다. 왜 이런 영문도 모를 방해를 계속 받아야 하는지.

여름날, 낮에는 주로 해방촌에 있는 독립서점이나 광화문광장, 청계천 근처에 있는 카페를 찾았다.

그리고 길을 걷다 특정한 동작을 반복하는 낯선 사람들을 마주칠 때면 낯선 사람들의 이동 경로를 생각해보았다.

서점에 들르기 전 한 시간, 아니면 삼십 분 전부터

근처 주차장에서 차를 대고 대기하는 어떤 사람1….

그리고 누군가(지시를 하는)의 연락을 받고 나서 서점 안으로 들어가 국내소설 코너 근처를 두리번거리는. 내가 서점에 도착할 때까지.
그러다 서점에서 나와 마주치면 지시를 받은 대로 특정한 동작을 하는.

그리고 서점을 나온 내가 버스정류장을 향해 걸어가는 동안 카페라든가 어딘가에서 대기하고 있다 어떤 사람1의 연락을 받고 정류장을 향해 서서히 걸어 나오는 어떤 사람2를.

그리고 집 앞 버스정류장에서 내려 아파트를 향해 걸어가는 동안 길가에 세워둔 차 안에서 나의 이동을 지켜보다 누군가에게 연락을 취하는 어떤 사람3을.
그렇게 해서 나의 심리, 마음을 병들게 하려는.

하지만 내가 할 수 있는 건 아무것도 없었다. 그들의 속내나 의도를 추론하는 것 외에는. 8월 여름에는 부산으로 향하는 열차표 한 장을 구매했다.

그리고 숙박업소를 미리 예약할 때 나는 서너 군데를 알아보면서 과장된 연기를 해야 했다.

통화를 하는 동안 핸드폰, 그러니까 통화내용이 도청 및 감청을 당할 걸 알고 있었고, 속임수를 쓸 수밖에 없었다.

숙박업소 A, B, C 세 곳 중에 A가 제일 마음에 들었지만, 통화를 하면서 억양상 C가 제일 마음에 드는 척 통화를 했다.

포항에서도 그랬던 것처럼 이번에도 미행을 당할 거라는 걸 알고 있었고, 여름날 부산에 도착하면 소설을 쓰려고 할 때 나는 쿵쿵거리는 소리를 듣지 않고, 황홀경에 취한 채 소설을 쓰고 싶었다. 스물아홉 봄, 첫 소설을 썼을 때 그랬던 것처럼.

여 름

8월 여름. 해운대역 앞, 해운대로에 서 있었고, 눈앞에는 시원한 바다가 펼쳐져 있었다.

원래는 A 숙소를 선택하려 했지만 막상 해운대에 도착하니 찜찜한 마음이 들었다.

길에서 특정한 동작을 하는 낯선 사람들. 원룸방에서 소설을 쓰려고 할 때마다 쿵쿵거리는 사람들이 먼저 가 있으면 어떡하나 하는 생각이 들었다. 봄부터 미행을 하던 사람들.

결국 핸드폰을 켜, 지도 어플에서 새로운 숙박업소를 검색했다. 펜션, 모텔 등등.

그리고 마음에 드는 숙박업소를 발견했다. 펜션인데 방 구조는 호텔 같았고, 비용은 모텔과 비슷했다.

달맞이길에 있던 펜션. 해운대로에서 도보로 10분 정도 걸어가면 나왔는데, 조금씩 걸어가면서 펜션의 주인과 통화를 나눴다.

남은 방이 있는지 물었고, 숙박할 인원은 한 명인데 해운대로에서 걸어가는 중이니 7~8분 정도면 도착한다고 말해줬다.

펜션 1층 카운터 앞에 도착했을 때 주인아주머니는 301호 키를 건네줬고, 방 안으로 들어가 짐부터 풀었다.
배낭 가방 안에 있던 옷가지. 그리고 노트북.

여행이란 것에 목적은 없겠지만, 부산에 오면 바

닷소리를 음악처럼 들으며 소설을 쓰고 싶었다. 배낭가방 안에 노트북을 담고 열차에 올랐던 것은 8월 여름이 처음이었다.

펜션 건물은 1층부터 4층까지. 방은 1호부터 4호까지 있었다.

통유리 밖으로 보이는 해운대의 푸른 바다와 방파제. 그리고 청사포 방면으로 향하는 모노레일 열차.

경황이 없어서 그해 여름. 그때는 모노레일 열차를 타보지 못했지만, 2년이 지나 다시 해운대 바다를 찾았을 때 해운대에서 송정해변으로 향하는 모노레일 열차에 올랐었다.

어쨌거나 해가 저무는 동안 여름햇살 아래 눈부신 해운대 앞바다와 절벽으로 파도가 몰아치던 용궁사를 둘러봤고 해가 수평선으로 넘어가는 동안 동백섬의 돌계단 길을 걸으며 풍경 사진을 찍었다.

그리고 감정이 차오르는 밤이 되면, 바다를 바라보며 소설을 쓸 생각이었다.

하지만 숙소에 도착했을 때 피로가 몰려왔고, 해는 저물어 있었다. 침대에 뻗은 채 곧장 잠이 들었는데 다시 깨어나니 새벽 12시, 새벽 1시쯤 된 시간이었다.

봄이 되면 꽃이 피어나는 것이 목적은 아니지만 당연한 섭리이듯이 나는 밤이 흐르는 동안 감정을 실어 소설을 써야 했다. 스물아홉 봄부터 쭉 그랬었다.

하지만 테이블에 앉아 노트북을 켜고 소설을 쓰기 시작했을 때 갑작스럽게 쿵쿵거리는 소리가 들리기 시작했다.
익숙한 소리였다. 인기척도 내 없다가 소설을 쓰기 시작한 지 얼마 안 되면 갑작스레 들리는 막 뛰어다니는 소리.

이상한 일은 아니라고 생각하고 있었다. 이미 예

전부터 노량진과 독산동 그리고 포항까지. 봄에서부터 여름 동안 이런 미행을 당해왔으니까 놀랄 것은 없다는 생각이 들었다.

나는 신발을 황급히 신고, 펜션 건물 밖으로 뛰쳐나와 창가의 불빛을 확인해봤다.

역시나 불이 켜져 있던 곳은 301호와 401호뿐이었다. 그리고 그 사람들이 이런 수법을 쓴다는 것을 눈치 채게 되었다.

타깃이 된 상대의 위층으로 이사를 오거나 입주하는. 그리고 장기간 괴롭히고, 피해를 가하는.

확실히 인위적인 소리였다. 연인끼리 친구끼리 수다스럽게 떠드는 소리도 아니고, 일반적인 여행객이 낼 법한 소리도 아닌.

타이밍에 맞춰 막 뛰어다니는 소리. 상대방에게 묘한 암시를 주는. 감시를 받고 있다는 듯한 기분을 심어놓으며.

그리고 머릿속으로 생각들이 흘렀다. 해운대로에서 펜션 주인과 통화를 나누며 걸어가는 동안 도청 및 감청을 당하는 나의 핸드폰을.

그리고 통화가 끝나자, 곧장 펜션으로 전화를 거는 정보기관 직원의 모습이.

"선생님 실례지만 지금 방 몇 개 있나요?"

"세 개 남았어요."

"몇 호, 몇 호입니까?"

"301호, 302호, 401호요."

"그럼 302호, 401호 방 두 개 예약하겠습니다. 곧 도착할 겁니다."

그리고 내가 301호 방의 키를 받고 방 안으로 들어오고 나면, 10분, 20분 뒤에 302호와 401호 방 안으로 들어가는 정보기관 직원의 모습.

아마도 대충 이런 식일 거란 생각이 들었다.

그리고 나는 다시 펜션 방 안으로 들어와 분노에 젖어 다급해 어쩔 줄 몰라 하는 사람처럼 이곳

저곳 모텔에 전화를 돌리기 시작했다.

승부욕이었을까. 아쉬움이었을까. 단순히 바다를 보며 소설을 쓰고 싶은 생각이었고, 이대로 도로 숙소의 방 안에서 잠을 청하기에는 손이 벌벌 떨렸다.

그렇게 몇 군데 계속 전화를 돌린 끝에 맨 위층에 방이 남아 있다는 모텔을 찾을 수 있었고, 통화가 끝나자마자 나는 배낭가방에 노트북만 담아 펜션을 빠져나왔다.

짐을 정리할 시간도 없었다.

달맞이길을 지나 해운대로에 있는 모텔까지 빠른 속도로 걸어갔다. 한밤중 티와 청바지는 땀으로 흠뻑 젖어 있었다.

하지만 해운대로에 있던 모텔 카운터에 도착했을 때 모텔 주인은 8층 방 중 6층의 키를 건네주었다.

나는 맨 위층에 방이 남아 있다고 하지 않았느냐 물었고, 모텔 주인은 남아 있는 방 중에 맨 위층이라고 답했다. 진이 빠졌고 허탈하며 우스웠다.

당연히 망설임이 들었고, 계산을 할 수 없었다.

그렇게 일단 모텔을 나와 다른 곳을 몇 군데 찾아보려 했지만, 성수기라 맨 위층 방이 남아 있는 곳은 없었고, 4층, 5층 등 중간층의 방은 찝찝함, 불안감 때문에 들어가기가 꺼려졌다.

무언가 그쪽에서 미리 손을 써놨을지도 모르고, 또 한 번 속을지도 모른다는 생각이 들었다. 그리고 무엇보다 기운이 쭉 빠져 있었다.

할 수 없이 도로 숙소로 돌아갈 수밖에 없었고, 조용한 밤. 정적 속에서 바다의 파도 소리는 볼륨을 높여놓은 것처럼 더욱 크게 들렸다.

그렇게 다시 숙소로 돌아갔다. 그리고 펜션 건물 앞에 잠깐 멈춰 섰을 때 401호의 불빛은 꺼져 있었다.

결국 터벅터벅 방 안으로 들어와 301호의 불을

켰을 때 거실 바닥에는 널브러진 옷들. 넘어져 있는 의자. 헝클어진 시트가 보였다.

깜깜한 밤이 흐르는 사이 식탁 위의 케이크를 어지럽히고 불을 켜자 쏙 사라져버리는 개미들의 솜씨처럼 방은 엉망이 되어 있었다.

주섬주섬 실내를 정리하고, 창밖을 보았을 때 바다 저 먼 곳에서 등대의 불빛은 반짝거렸고, 이제 앞으로 더 이상 소설을 쓸 수 없겠다는 생각이 들었다.

여름이 흘러가는 동안 단편분량의, 한 편의 이야기도 쓰지 못했기 때문이었다.

다음날 아침. 이른 아침에 출발하는 열차에 올라야 했기에 동이 터올 무렵 알람 소리에 잠에서 깨어났고, 숙소의 창밖으로는 푸른 파도와 파도의 흰 포말이 부드럽게 바위에 부서지는 모습이 보였다.

그리고 서울로 향하는 열차에 올랐을 때 나는 문학 공책을 폈다.

소설 제목: 별이 빛나는 밤

여름햇살이 열차의 차창 안으로 들어오고 있었고, 그리고 나는 호흡을 가다듬었다. 떠나가 버린 소설적 영감이 다시 돌아올 수 있을까.

어쩌면 전서구를 입에 문 비둘기처럼 긴 시간이 흘러 다시 돌아올지도 모른다는 생각이 들었다.

그리고 그 순간 출발하는 열차 안에서 나의 정신은 명료해졌다. 찬물에 얼음을 들이부은 듯. 정신을 바짝 차릴 수 있게. 조금 터프한 방식으로.

그리고 나의 마음속에서는 이런 생각이 파도처럼 흘러갔다. 어떻게든 소설을 써야 한다는 것을.

기억 속 풍경

(이루마 - Stay in Memory ♪)

눈을 감으면 깜깜한 터널을 통과한 열차의 차창 안으로 쏟아지는 햇살과 차창 밖으로 펼쳐지는 풍경처럼 머릿속에서 환한 미소로 그려지는 기억들이 있다.

천안에 있던 대학 교정. 그리고 교정 안으로 들어오는 버스. 버스 안에서 흐르던 라디오. 교정의 정류장에서 내리면 눈앞에 보이는 푸른 호수. 선선한 바람에 흔들리는 가을 잎들.

교정 위를 흘러가던 푸른 웃음소리. 싱그러운 젊음.

스물여섯 가을. 학생 식당의 창문 밖으로는 푸른 호수가 보였고, 평소 어울리던 친구들은 태수와 성호 둘뿐이었지만, 그날은 태수가 강의를 듣고 있어 성호와 단둘이서만 학생 식당에 앉아 점심을 먹게 되었다.

그리고 그날의 대화 주제는 취업이었다. 성호가 물었다.

"취업 원서는 넣어봤어?"

그때 나는 9급 공무원 시험을 매년 떨어지고 있었고, 성호는 취업 준비를 하고 있었다.

"아니. 나야 계속 시험 준비하고 있지…."

작년에도, 올여름에도 시험에 떨어졌었다. 그리고 그때 성호는 내게 말했다.

"취업 원서라도 한 번 넣어 봐. 혹시 알아? 될지도 모르잖아. 한 번 넣어 봐."

그리고 그날, 점심을 먹고 나서 학교 도서관에 앉아 있을 때 좀처럼 수험서의 내용이 들어오지 않았다. 그리고 맴도는 생각들.

넣어서 떨어진다고 해도 그만 아닐까. 그냥 한 번 넣어볼까.

건설회사, 무역회사, 의류, 디자인, 제조, 번역, 가구….

그때의 기분은 마치 여러 갈래의 길이 눈앞에서 펼쳐져 넘실거리며 어떤 선택을 하느냐에 따라 삶의 줄거리는 언제나 달라질 거라고 속삭이는 것만 같았다.

공강 시간에 학교 도서관에서 수험서의 책장을 넘기며 공상에 사로잡힌 동안 창문 밖으로는 해가 저물고 있었다.

첫 면접은 드라마처럼

그리고 그날 저녁, 집에 도착해 취업채용 사이트에 접속했다. 그리고 이력서를 작성하기 시작했다.

건설회사, 무역회사, 의류회사 어느 곳으로 지원을 할지 갈피를 못 잡고 있었다. 이력서를 다 작성한 다음 주말에나 원서를 넣어볼 생각이었다. 순전히 호기심이었다.

이력서 작성을 마쳤을 때 컴퓨터의 화면에는 새로 뜬 문구가 보였다. 이력서를 공개하시겠습니까.

이력서를 공개 설정을 하면 서류 지원을 하지 않아도 기업 담당자가 나의 이력서를 먼저 열람하고 연락을 취할 수도 있지만, 비공개설정을 하면 사이트를 이용하는 기업 담당자가 나의 이력서를 열람할 수도 없고, 그러니까 전화를 걸 일은 없게 된다.

어쨌거나 이력서 공개 설정을 한 뒤에 곧장 컴퓨터를 꺼버렸다.

그리고 컴퓨터를 껐을 때 얼마 안 돼서 핸드폰 벨이 울리기 시작했는데 번호를 보니 낯선 번호였다. 그때 어떤 예감이 들었다. 마치 텔레파시처럼.
기업의 채용담당자가 방금 나의 이력서를 보고 전화를 걸었을 거라는 그런 생각이 머리를 스쳐 갔다.

조금 긴장한 채로 전화를 받았는데 수화기에서는 젊은 여성의 목소리가 흘렀다. 자신을 대박생명의 채용담당자라고 소개한. 그리고 내게 물었다.
"실례지만 구직 중이십니까?"
"네."

"저희 대박생명에서는 학력, 전공, 스펙에 상관없이 창의적 인재를 뽑기 위해…."

그러면서 내게 블라인드 면접을 제안했다.

"그래서 혹시 블라인드 면접에 참여할 의향이 있으십니까?"

그리고 그때 심장박동수를 재는 기계가 있었다면 나의 그래프는 가파르게 올라갔을 것이었다.

통화가 끝나고 나서 채용 담당자로부터 면접 안내 문자를 받았다.

대박생명 블라인드 면접

일시: 화요일 오후 2시

장소: 대박빌딩 17층

(서울역에서 도보로 5분 이동. 약도 참조.)

복장: 정장 착용

면접 안내 문자를 받고 나서 곧바로 엄마한테 전화를 걸었다.

"엄마! 나 내일 대박생명 면접 봐야 돼! 정장 필요해!"

나의 목소리는 흥분으로 떨렸고, 엄마는 걱정스럽게 말했다.

"무슨 면접? 대박생명? 거기 보험회사 아니니?"

엄마는 보험회사, 영업, 실적을 염두에 두고 있었고, 나는 대박생명이라는 대형 보험회사. 대기업의 근사한 빌딩과 폼 나는 면접장 안에서 면접을 봐본다는 것에 들떠 있었다.

"조금 있으면 가게 문 닫아. 빨리 와."

그리고 동네에 있는 희망 아웃렛을 찾았다. 희망 아웃렛은 엄마가 근무하는 곳인데 엄마는 남성복 매장에서 일을 했다.

그리고 그날 저녁, 엄마와 함께 근무하는 아주머니가 골라준 양복을 입고 전신거울 앞에 섰다.

그리고 다음날 아침. 학교 수업을 빼먹었다. 점심에 집을 나와 면접을 보러 갈 생각이었다.

하지만 막상 시간이 점심에 가까워질 즈음 마음 속에서 여러 생각들이 일기 시작했다.

'대기업 면접이라 경쟁률도 높을 거야. 말은 그렇게 하지만 쟁쟁한 경쟁자들도 많을 거고. 가봤자 시간만 낭비할 거야. 평소 보험 회사에 들어가려고 했던 것도 아니잖아.'

마치 면접을 보러 간다는 것이 한 시간, 두 시간을 잃어버리는 일처럼 느껴졌다.

그러면서도 다른 생각이 들었다.

'솔직히 여러 군데 서류 제출해봐야 열 군데 중 한 군데 면접이나 볼 수 있겠어? 이번 기회에 면접이나 봐봐. 서류 통과도 하늘의 별 따기인데 대기업 면접을 봐보는 게 어디야.'

그렇게 갈팡질팡 우물쭈물하다 보니 시간은 점심 12시를 넘어가고 있었다. 정신을 차리고 양복을 서둘러 입고 넥타이를 매기 시작했다. 처음 매어보는 넥타이라 시간이 한참 걸렸다.

결국 허겁지겁 서둘러 집을 나섰고, 집 앞 정류장에서 출발한 버스는 독산역 앞에서 멈췄고, 독산역 승강장에서는 청량리행 열차에 올랐다.

그리고 서울역의 출구 밖으로 나왔을 때 보았던 풍경들은 스물여섯 가을, 내 삶 속에서 인상적인 순간들로 남아 있었다. 대로 위에 즐비한 빌딩과 대박빌딩 1층 로비에서 엘리베이터가 17층까지 올라갔을 때의 떨림. 17층 복도에 있던 사무실 안으로 들어가던 순간의 긴장감과 사무실 창밖으로 보이던 풍경들도.

그날 조금 있다 면접장 안으로 들어온 것은 30대 중반 정도 되어 보이는 여성이었다. 익숙한 목소리였다. 어제 통화했던 채용담당자.
그녀는 자신을 지점의 1팀장이라고 소개한 뒤에 면접을 시작했다.

면접을 보러 오면서 별달리 준비를 한 건 없었다. 그냥 별 뜻 없이 우연히 면접 제안 전화를 받았고,

그래서 엄마가 점원으로 일하는 가게에서 양복을 골라 입고 다음날 점심, 학교 수업을 빼먹은 채 서울역에 있던 회사로 면접을 보러 갔던 것 외에는.

그리고 면접 내내 보험회사, 영업, 금융에 관한 어려운 질문들은 나오지 않았다. 그녀는 재무설계사라는 일에 대해. 비전과 직무에 관한 설명들을 했고, 20여 분의 면접은 그렇게 끝이 났다.

그리고 대박빌딩 건물을 나와 서울역에서 집으로 향하는 열차에 올랐을 때 머릿속에서는 사무실의 풍경이 계속 아른거리듯 머릿속을 떠나지 않았다.

사무실 문을 열었을 때 창문 안으로 들어오던 햇살. 마치 카메라의 조명이 켜지며 드라마 세트장의 촬영이 시작되고 배우들은 제각기 폼 나게 움직이는 모습처럼 사무실 창밖으로 펼쳐진 맞은편 빌딩과 도로. 서울역의 풍경.

그리고 서류를 들고 사무실 안을 바쁘게 움직이던 젊은 직원들의 모습.

첫 면접은 드라마처럼

그리고 면접 결과를 걱정하지 않아도 되었다. 보통은 회사에서 면접을 보면 결과가 보름 뒤에 나오지만 집에 도착했을 때 전화가 걸려왔고, 수화기에서는 익숙한 목소리가 들렸다. 1팀장인, 팀장 Q는 내게 합격 통보를 했다.

통화가 끝나고 핸드폰을 내려놓았을 때는 창문 밖으로는 저녁노을이 지고 있었다.

2차 면접은 인성 면접이었다. 2차 면접은 이틀

후 오후 2시, 대박빌딩 17층 사무실 안에 있는 면접장에서 실시되었다.

면접을 주관한 건 지점장이었다. 그는 단정하고, 지적인 인상을 가진 중년 남성이었다. 그날도 별달리 준비한 건 없었다. 단지 양복을 입고 시간에 맞춰 면접장을 방문했다는 것뿐.

면접을 보는 동안에는 별달리 어려운 질문은 없었다.

"살면서 힘든 일을 극복하신 경험은 무엇입니까?"

"조직 내에서 리더십을 발휘한 경험은 무엇입니까?"

그리고 다음날 저녁. 전화가 걸려왔다. 익숙한 번호였다. 핸드폰 벨소리를 최대한 높여놓고 있었다.

팀장 Q는 내게 합격 소식을 알리며 3차 최종면접 일정을 알려주었다.

그리고 2차 면접마저 합격하고 나니, 문장 끝에 온점을 찍을지 물음표를 찍을지 고민에 빠진 것처럼 계속해서 생각을 번복하게 되었다.

직무가 적성에 잘 맞을까. 보험회사에 들어가면 앞날이 어떻게 펼쳐질까. 회사에 들어가면 공무원 시험을 중도에 그만둔 걸 후회하지 않을까. 그래도 일단 최종 면접을 보고 나서 결정하는 게 낫지 않을까.

한편으로 그러면서도 운이 따랐지만, 합격이 좀 더 어려울 3차 면접 앞에서 긴장이 되었다. 아마도 3차 면접은 이런 장면일 거라 생각했다.

드라마에서나 나올 법한 널찍한 책상에 앉아 있는 임원. 그리고 철제 의자에 앉아 있는 서너 명의 청년들의 모습. 임원은 날카로운 눈빛으로 청년들을 노려보며 차례차례 질문을 던지는.

그리고 드라마의 모습 그대로였다. 나흘 후. 17층 복도 중앙에는 지역단장실이 있었고, 지역단장실 안에는 철제 의자에 네 명의 청년들이 앉아 대기하고 있었다.

네 명당 한 조가 되어, 한 조씩 순서대로 면접이 치러졌다.

조금 있다 면접장의 열린 문으로 터벅터벅 구두 소리를 내며 지역단장이 들어오자 위압감에 면접장 안은 굳은 듯했다.

지역단장은 풍채가 좋았고 카리스마가 있었다.

그리고 널찍한 의자에 앉은 지역단장은 네 명의 청년들을 바라보며 차례차례 질문을 던졌다. 짓궂은 질문들. 대답하기 곤란한 질문들.

혈액형. 소심한 성격. 교우 관계 등등.

면접이 끝나고 대박빌딩 건물을 나와 서울역에서 집으로 향하는 열차에 올랐을 때 다리가 조금 후들거렸다. 긴장한 탓에.

그리고 일주일이 흘렀다. 평소처럼 저녁에 혹은 다음날 저녁에 아무런 연락이 없었다. 이틀이 지나도. 나흘이 지나도.

가끔 모르는 번호로 전화가 와 황급히 받았다 잘못 걸려온 전화임을 알게 됐을 때는 맥이 빠지기도 했다.

그리고 다시 나의 일상은 늘 그렇듯 학교, 도서관을 오가며 공무원 시험을 준비하는 반복되는 쳇바퀴 속으로 들어갔지만, 책을 보다 갑자기 공상에 빠진 것처럼 일상은 딴생각에 빠져 있었다.

그러다 또 전화가 걸려온 것은 일주일이 지나서였다. 그리고 팀장 Q는 내게 최종 면접 합격 통보를 했다.

"축하합니다! 최종 면접에 합격하셨습니다. 신입사원 연수원 일정은 문자로 전송해드리겠습니다."

"감사합니다!"

통화가 끝났을 때는 손이 파르르 떨렸다. 차가운 물에 들어갔다 나와 울창한 숲에 서 있는 기분이 들었다. 따스한 햇볕이 내리쬐는. 긴장과 환희가 맞부딪히는.

그리고 주말 중에 한 일은 교수님께 전화를 드리는 일이었다. 취업을 하게 되어 마지막 학기 수업은 불참해야 된다는 걸 말씀드려야 했다.

그리고 스물여섯 가을. 삶의 분기점에 선 듯한 기분이 들었다. 마차가 다가오고 아쉬움 속에 고향을 떠나 새로운 삶이란 도시를 향해 나아가는.

그리고 그 과정에서 총총한 별빛 아래 구불구불한 길을 나아가면서 새로운 모험들이 계속해서 펼쳐지는.

새로운 삶, 터프한 동료들

그리고 지난 주말, 연수원 입소 안내 문자 메시지를 받았다.

출발: 월요일 오전 8시 (3박 4일)

집합 장소: 17층 교육장

옷, 필기도구 등 생필품 지참

월요일 아침. 캐리어 안에는 옷, 필기도구, 양복과 추리닝이 들어 있었다. 그리고 교육장 안에는 스무 명가량의 청년들이 앉아 핸드폰만 보고 있었다. 어색한 분위기가 감돌았다.

교육장은 17층 복도 좌측에 있었다. 엘리베이터에서 내려 우측 방향으로 걸어가면 지점 사무실이 나오고, 좌측으로 걸어가면 교육장이 나온다.

그리고 8시가 되자 복도에서 또각또각 구두 소리가 들렸다. 주황색 양장을 입은 팀장 Q는 교육장 안으로 들어와 연단에 올랐다.

그리고 입소자 준수사항 등을 설명했다. 지각 금지. 교육 태도 준수 등등.

간단한 안내가 끝나자 두 대의 엘리베이터는 오르락내리락했고, 스무 명가량의 청년들은 1층 로비에 집결했다.

팀장 Q는 로비를 돌아다니며 무작위로 네 명씩 조를 짰다.

그리고 익숙한 얼굴도 보였다. 단체 면접을 볼 때 옆자리에 앉아 있었던 여자였다. 나보다 한 살 많은.

"어! 합격하셨네요! 축하해요!"

그리고 나는 놀란 가슴을 쓸어내리는 것처럼 말했다.

"하, 며칠 동안 연락이 안 오기에 떨어진 줄 알았어요. 축하해요."

그리고 화기애애한 대화가 흘렀다.

우리 조의 동료는 총 네 명. 이렇게 되었다. 한 살 많은 누나 A. 그리고 몸이 우락부락한 B. 그리고 말끔한, 한 살 많은 형 C.

조가 다 짜이자 팀장 Q는 좌우를 돌아보며 말했다.

"자, 그럼 다들 버스에 오르세요!"

어느새 버스 기사님은 시동을 걸었고, 버스는 출발했다. 그리고 왁자지껄한 버스 안. 창밖으로 펼쳐진 대로의 빌딩과 도로 위를 달리는 차량들. 버스가 푸른 한강물이 흐르는 한강대교를 넘어갈 때 나는 달콤한 상상에 젖어 있었다. 회사에서 출세가도를 달리는 드라마 속 주인공이 된 듯한.

버스는 연수원까지 30분가량을 달렸다. 연수원의 건물은 총 세 개였다. 좌측은 남자 숙소, 우측은 여자 숙소. 가운데에는 대강당이 있어 교육장으로 쓰이는 건물.

지점 사무실에 있던 팀장 Q는 교육 집합 시간, 연수원 일정 등을 단체채팅방을 통해 전달했다. 교육생들이 들어와 있는.

그리고 숙소에 짐을 푼 지 얼마 안 되어 단체채팅방에는 교육 집합을 하라는 메시지가 떴고, 같은 방을 쓰는 동기 B, C와 함께 나란히 교육장을 향해 걸어갔다.

교육장 뒤편에는 젊은 직원들이 서 있었고, 앞문으로 풍채가 좋은 교육본부장이 들어왔다. 그리고 본부장이 들어오자 젊은 직원들은 일사분란하게 움직이며 교육 책자를 나누어주었다.

그리고 나는 교육 책자를 받고 눈이 잠시 휘둥

그레졌다. 책자 가운데에는 '생명보험의 이해'라는 책자의 제목이 적혀 있었다.

보험회사에 입사한다는 것쯤은 알고 있었지만, 재무설계라고 하여 복잡한 회계 업무를 처리하고 돈을 세는 기계가 '띵' 소리를 내는 그런 업무를 맡게 될 줄 알고 있었다.

마치 주소를 잘못 찾거나 엉뚱한 도착지에서 내린 기분이었다.

새로운 삶, 터프한 동료들

그리고 책자를 보며 고민이 들었다. 나가야 되나, 말아야 되나.

머릿속으로는 강의실에 앉아 있는 나의 모습이 떠올랐다. 연수원에 들어간다더니 왜 여기에 있나 물으시는 교수님의 모습과 재무설계를 하는 줄 알았고 영업을 하는 줄 몰랐다며 강의실에 도로 앉아 있는 나의 모습도. 어쩐지 바보처럼 느껴졌다.

오후 수업이 끝나자 해는 저물어가고 있었고, 어느

새 숙소 앞 가로등의 불빛이 들어왔다. 그리고 숙소 건물 앞에 나와 A, B, C가 서 있었다. 내가 말했다.

"난 재무설계라고 해서 복잡한 회계 일을 하는 줄 알았어. 나가봐야 될까 고민 중이야."

그러자 A는 이 바닥에 생리를 잘 안다는 듯 설명을 하기 시작했다.

"쉽게 말해서 우리는 팀장 Q 밑으로 들어간 거야. 보험회사는 사람을 계속해서 늘려나가야 돼."

C는 설명했다. 보험회사는 계약, 영업 실적만큼 조직 확장 임무, 리크루팅라는 것이 중요하다. 예를 들어서 지점에 팀장 A가 있다고 치면, 팀장은 5명이었던 팀원을 7명, 8명, 10명까지 늘려야 한다. 그래서 팀 정원인 10명까지 팀 인원이 늘어나면 팀은 분할을 하는데, 이때 부팀장이었던 B는 5명의 팀원들을 데리고 분할된 새 팀의 팀장이 된다.

이런 식으로 지점 내 3개였던 팀은 4개, 5개의 팀이 되고, 30명이었던 지점 인원이 40명, 50명, 총 정원인 60명이 되면 지점은 분할을 하고, 선임 팀장은 30명의 인원을 데리고 신설된 지점의 지점장이 되어 또 리크루팅을 시작한다. 그리고 기존 지점의 지점장은 남은 인원 30명을 데리고 다시 지점 인원을 늘려나가야 된다.

C의 설명을 들으면서 머릿속에서 떠올랐다. 첫 면접을 합격하던 순간. 1층 로비에서 A와의 만남. 그리고 로비 저 멀리 함께 면접을 봤던 동기1, 동기2의 모습.

C의 설명이 끝나자 A가 걱정스럽게 말했다.
"어떡해…. 난 그런 줄도 모르고."
그리고 나도 덩달아 말했다.
"난 소심해서 영업에 자신이 없어. 어쨌든 학교를 나왔으니까 다시 돌아갈 수도 없고, 졸업할 때까지만 다니려고. 두 달 정도만."

하지만 생각이 달라진 것은 숙소로 돌아오고 난후 B의 말을 듣고 나서였다.
"난 여기 오기 전에 막일을 했어. 너 내가 막일을 할 때 양복을 입고 빌딩 안으로 들어가는 회사원들 보면서 얼마나 부러웠는지 아냐. 난 여기서 목돈을 벌 거야. 듣자 하니 보험영업은 수당이 두둑하다 하더군."

그러면서 B는 터프하게 말했다.

"넌 해보지도 않고 벌써 그만둔다고 하냐."

숙소 안에서 나와 동료 B는 대화를 나눴고, 동료 B의 말은 망설이는 나의 마음을 바꿔놓았다.

그리고 나도 모르게 이런 말이 나왔다.

"뭐, 사실 자신은 없지만 할 수 있는 대로 한 번 열심히 해보려고."

그리고 밤은 깊어갔고, 가을바람은 숙소의 창문을 두들겼다. 숙소의 방 안에서는 두런두런 B, C와 나누는 대화 소리가 깊고 조용하게 흘러갔다.

다음날 아침. 가을바람은 선선했고, 교육장의 풍경은 산뜻했다. 그리고 마음은 들떠 있었다. 맛있는 간식을 먹을 거란 기대 때문이었다.

전날 저녁, 팀장 Q한테 메시지가 왔었다.

"여러분! 각 조별로 피자와 치킨 중 먹고 싶은 거 통일해서 메시지 주세요."

그리고 우리 조는 치킨으로 통일을 했었다.

그리고 그날, 오전 교육이 끝나갈 즈음 팀장 Q 한테 다시 메시지가 왔다.

"오전 교육 끝나면 모두 1층에 있는 응접실로 집합하세요."

그리고 오전 교육이 끝나고 교육장 건물 밖에서 수다를 조금 떨다 B, C와 함께 응접실의 문을 열고 들어갔을 때 차가운 분위기에 놀라고 말았다.

팀장 Q는 다리를 꼬고 앉아 있었고, 치킨과 피자는 보이지 않았다. 아이스 아메리카노만 스무 잔이 응접실 안에 놓여 있었다. 그리고 높아진 팀장 Q의 목소리.

"어서 앉으세요!"

그리고 허겁지겁 자리에 앉자마자 팀장 Q의 호통이 시작됐다.

"이번 기수 완전 개판이야! 어젯밤에 온갖 전화에 시달렸어! 우리 지점의 사원들 평균 연봉은 4,000만 원이 넘고, 우리 대박생명의 자산은 경쟁

그룹 D사의 총 자산을 합친 것보다도 더 많아! 나가고 싶어? 나가고 싶으면 나가! 안 말려!"

그리고 어쩐지 이런 생각이 불쑥 고개를 내밀었다. 어제저녁 대화를 나누다 숙소로 돌아간 후 자신의 걱정을 말하는 A. 여자 숙소 안에서 순식간에 번지들 말들. 그리고 한밤중 팀장 Q한테 쇄도하는 전화. 다음날 황급히 소요를 진화하기 위해 연수원까지 내달려온 팀장 Q의 모습.

팀장 Q의 말이 끝나자 교육생들은 이구동성으로 말했다.
"열심히 하겠습니다!"
그리고 팀장 Q는 이어서 말했다.
"모두 그럼 오후 교육 들으러 올라가시고 성환 씨만 남으세요."
교육생들이 응접실을 모두 빠져나가자 팀장 Q는 나를 노려보며 말했다.
"성환 씨는 무슨 할 말 없어요?"
마치 얼음이 가득한 좁은 궁지에 내몰린 것만

같았다. 가슴이 철컹 내려앉았다. 그리고 나는 속 죄라도 하듯 "죄송합니다. 열심히 하겠습니다."를 반복했다. 기계적으로.

아찔했다. 회사를 다니다 중간에 나오면 모를까, 연수원에서부터 회사 험담을 하다 잘려서 다시 학교로 돌아갈 수는 없었다.

그러나 어쩐지 이 모든 것이 터프하게 느껴졌다. 재치와 위트를 겸비한. 드라마 같은 회사라는 생각이 들었다.

팀장 Q는 말했다.
"알겠어요. 성환 씨도 교육 들으러 올라가세요. 앞으로 두고 볼 거예요."
그렇게 응접실을 나온 나는 휑한 복도를 지나 연수원의 교육장 건물을 나왔다.

연수원의 잔디밭으로 내리쬐는 가을햇살은 눈부셨고, 분수대의 물소리는 성당에서 종이 울리는 소리처럼 가슴과 귀에서 맴돌았다. 운명 또는 필연처럼 다가오는.

그리고 아차 싶었다. 참 이러다 당분간은 회사를 강제로 다녀야 되겠지 싶었다.

젊은 날의 콩트 그리고 영업

보험 영업은 다섯 단계로 나뉜다.

Ice Breaking − AP − FF − PT − Closing.
Ice Breaking은 상대방과 어색함을 깨는 것. AP
는 상대방의 니즈를 끌어올리는 것. FF는 상대방
의 재무상황을 점검하는 것. PT는 상품에 대해
프레젠테이션을 하며 판촉하는 것. Closing은 상
대방이 계약서에 사인하기 위해 펜을 드는 것.

스물여섯 가을. 한 달 간의 신입교육을 마치고 정

식적으로 위축되어 보험회사의 영업사원이 되었다.

그리고 그 후 평소 연락이 되지 않았던 지인들을 찾아갔지만 갑자기 바뀐 옷차림, 어색한 동작이나 표정 때문에 계속해서 멋쩍은 상황만 만들어졌다. 그 후에도 회사를 다니는 동안 계약서 없는 텅 빈 서류가방을 들고 다니기 일쑤였다.

하지만 어느 가을에 한 번 개척 영업을 나간 적이 있었다. 보험 영업은 크게 지인영업과 개척 영업으로 나뉜다.

지인들에게 계약을 받는 지인영업과 식당, 상가, 공장 등을 방문해 낯선 사람들로부터 계약을 받는 개척 영업.

어쨌거나 신입사원 생활을 시작한 지 보름쯤 흘렀을 때였다. 지점 사무실 벽에 붙은 실적현황판에 동기들의 바둑돌은 차츰 하나둘씩 올라갔지만, 나의 실적 구간은 장고만 두는 사람처럼 바둑돌을 하나도 올려두지 못하고 있었다.

그러던 어느 날, 팀장 Q는 말했다.

"팀원들은 사업 계획서를 제출하세요."

사업계획 방안

상품

그리고 나는 사업 계획서에 희망아웃렛을 썼다. 남성복 매장을 비롯해 3층 4층에 많은 매장들이 있는. 그곳으로 개척 영업을 나갈 생각이었다. 어머니가 근무하는.

그리고 나는 팀장 Q한테 함께 가달라고 동행을 요청했다. 특별히 팀장 Q와 함께 간다면 계약이 잘 나올 것 같아서 그랬던 건 아니었다. 그렇다고 혼자 가기가 겁이 나서 그랬던 것도 아니었다. 나는 아마도 동료였는지 확인하고 싶었던 것 같았다.

팀장 Q는 흔쾌히 "그래, 같이 가자!"라고 대답했지만 다음날, 그 다음날에도 별다른 말은 없었다. 차일피일 미루듯.

그러다 나흘쯤 흘렀을 때 다시 한 번 조르자 "그래, 가자"라며 자리에서 일어났다.

길가에는 단풍잎, 은행잎이 수북하게 쌓여 있었고, 각자 양손에 손난로, 달력, 볼펜 등이 담긴 쇼핑백을 들고 서울역에서 독산역으로 향하는 하행선 열차에 올랐다.

열차가 용산을 넘어갈 때 차창 밖으로 푸른 한강물결이 보였고, 달리는 열차 안에서 팀장 Q는 내게 물었다.

"어머니는 어떤 분이시니?"

그리고 나는 그때 팀장 Q의 속마음을 읽을 수 있었다. 아마 그건 학부형을 처음 대면해야 하는 신임 교사가 느낄 법한 긴장감이라는 것을. 그리고 나는 대답을 하며 짓궂은 장난기가 발동해 있었다. 우산을 쓴 사람의 뒤를 시치미를 뚝 떼며 졸졸 쫓아가는 고양이처럼.

어느새 열차는 독산역에 도착했고, 역에서 나와 희망아웃렛으로 향했다. 그리고 희망아웃렛의 에스컬레이터는 4층으로 올라갔다.

에스컬레이터가 4층에 다다르자 남성복 매장에서 계신 어머니와 동료 아주머니가 보였다. 그리고 나는 말했다.

"엄마! 나 왔어!"

동료 아주머니는 웃으시며 말했다.

"히히. 성환이가 홍보 활동하러 나왔나 봐."

그리고 어느새 팀장 Q는 어머니는 인사를 나눴다.

"회사 일도 되게 열심히 하고, 머리가 좋아서 설계사 시험 볼 때도 점수도 높게 나오고…"

"아이고, 성환이 좀 잘 부탁드려요."

그렇게 대화를 나누는 도중 팀장 Q의 귓불은 조금 발갛게 물들어 있었다.

대박생명의 첫 면접을 보기 전 양복을 입고 전신거울 앞에 섰을 때 변신을 한 것 같은 기분을 느꼈는데 그때 그 순간에는 다시 붉은 망토를 입고 거울 앞에 선 기분이 들었다. 1팀이라는 문양이 새겨진. 팀이라는 소속감을 주는.

그리고 쑥스러워서 못할 것 같았지만 어느새 나는 앞장서서 외쳤다.

"대박생명에서 나왔습니다!"

하지만 개척을 하는 것은 쉽지 않았다. 매장에서 있던 점원분들은 이렇게 말했다.

"얼마 전에 태양생명에서 왔다 가서."

"얼마 전에 골드생명 사람들 와서 하나 가입했었어."

그리고 이런 상황에 맞닥뜨리자 어쩐지 이런 순간이 터프하게 느껴졌다. 히터를 팔 수 있다면 알래스카라도 갈 수 있는 것이 영업사원이란 것처럼 느껴져서.

그리고 대열의 맨 앞, 선구자는 아니지만 중간쯤에는 서 있겠다는 생각이 들었다. 앞으로도 또 다른 영업사원이 이곳으로 개척을 나올 거란 생각이 들어서.

그날 4층부터 2층까지 많은 매장들을 팀장 Q와 함께 돌았지만 계약이 나오지는 않았다. 하지만 실적이 아예 없던 건 아니었다.

다음날, 엄마는 내게 실비보험 하나를 가입했다.

다음날 아침. 서울역에서 출발한 열차는 독산역까지 내달렸고, 이번에는 나 혼자서 아웃렛을 찾았다. 그리고 돌아올 때 서류가방 안에는 계약서한 장이 담겨 있었다.

그리고 그날 저녁, 실적현황판에는 처음으로 바둑돌이 올라갔다. 그리고 실적현황판을 바라보고 있는 사이 내게 성큼성큼 걸어온 동기 B는 이번에도 뱃심 있게 말했다.

"올! 드디어 한 건 했네!"

아마도 며칠째 실적이 하나도 없이 텅 빈 서류가방만 들고 다니니 내가 그만둘지도 모를 거라는 생각을 하고 있었던 것 같았다.

그리고 새로 올라온 나의 바둑돌을 소식도 없다 방금 막 도착한 아군처럼 생각하는 듯했다.

그리고 나도 웃으며 말했다.

"나도 한다면 한다!"

금요일 저녁에는 1팀 회식이 있었다. 그리고 팀장 Q는 선배 K에게 건배사 제의를 했고, 자리에서 일어난 선배 K는 이렇게 말했다.

"제가 '영!' 하면 여러분은 '젊음을!' 제가 '업!' 하면 여러분은 '드높이자!'라고 외쳐주십시오!"

"영!"

"젊음을!"

"업!"

"드높이자!"

그리고 맥주잔이 시원하게 부딪혔다. 선배 K는 회사를 다니며 영업을 영업(Young-Up)으로 해석했다고 한다. 근사한 번역이었다. 그리고 완벽했다.

Closing!

많은 시간이 지난 지금도 그때의 높아졌던 맥박수와 팀원들의 외침 소리는 해변을 본 후 열차에 오르고 나서도 해변에서 들었던 파도소리가 귓가에 계속 맴도는 것처럼 아직도 나의 기억 어딘가에서 푸른 파도소리처럼 들려올 때가 있다.

젊은 날의 어떤 한 순간으로 남아.

드라마

그리고 스물여섯 가을부터 스물일곱 봄까지 보험 영업사원으로서 즐거운 날들이 흘러갔다.

지점 동료들과 스키를 타러 강원도로 워크숍을 가기도 하고, 팀원들과 함께 얼음낚시를 하러 야유회를 가기도 했었다.

보험 영업은 지인 영업과 개척 영업이 있다. 지인 영업은 지인을 만나 지인한테 계약을 받는 것. 개척 영업은 식당, 상가 건물 등을 돌며 낯선 사람들로부터 계약을 받는 것.

  지인 영업을 하면서 친했던 친구를 잃기도 했고, 연락이 뜸했던 학창시절 동창과 다시 인연이 이어지기도 했다. 잠깐의 순간들이었지만.

  개척 영업을 하기 위해 독서동호회에 가입한 적도 있었고, 팀 선배들과 식당, 상가 건물을 돈 적도 있었다. 하지만 별다른 소득은 없었다.

  보험 영업사원들은 위촉직이다. 정규직 근로자가 아닌 개인사업자. 정해진 월급은 없고, 실적에 따른 판매수수료, 수당을 받는.

  그리고 나는 어느새 실적도 없이 회사 사무실을 몸만 왔다 갔다 했었다.

  결국 스물일곱 봄. 퇴사를 결심하게 되었다. 처음 팀장 Q한테 말을 꺼내는 것이 망설여졌지만 대박생명에서의 마지막 장면은. 주일 점심, 봄 햇살이 사무실의 창가 안으로 들어오는 동안 사무용품들을 서류가방에 담고 있었고, 어느새 볼록해진 서류가방을 든 채 지점 문 앞에 서 있었다.

　평소 활동을 나가기 전 지점 문 앞에 서면 이렇게 말한다.
　"활동 다녀오겠습니다. 수고하십시오!"
　그러면 자리에 앉아 있던 동료들은 일제히 화답한다.
　"수고하십시오!"
　에너지 넘치는 건강한 목소리로.

　그날도 문 앞에 서서 우물거리다 나도 모르게 이렇게 말했다.
　"활동 다녀오겠습니다. 수고하십시오!"
　일요일 점심. 지점 안에 있던 몇몇 동료들은 나의 실수에 빙그레 웃으며 대답했다.
　"수고하십시오!"

　그리고 대박생명의 엘리베이터는 17층에서 1층으로 내려갔다. 마지막 장면까지 드라마 같다는 생각이 들었다.

그리고 방황하는 사이 길거리 모금을 하기도 했고, 콜센터에 들어가기도 했었다. 파견업체에서 근무를 하기도 했지만 채 한 달, 두 달도 안 되어 모두 그만두었다.

정신적으로 방황했던 것은 아니었다. 무엇을 해야 할지, 무엇을 하고 싶은지 갈피를 못 잡고 있었다.

그러다 봄이 지나갈 무렵, 개척 영업을 전문적으로 하는 다른 보험회사에 들어가게 되었다.

구로디지털단지역에 있는 울프법인이라는 회사였다.

개척 영업

대박생명을 원수라고 한다면, 울프법인은 GA라고 한다. 정식 명칭은 법인보험대리점이라고 하는. 보험 업계는 크게 원수사와 GA로 나뉜다.

원수사는 대박생명, ○○생명, □□생명 등. 주로 뒤에 무슨, 무슨 생명이 붙는다. 대기업 계열의 대형보험회사.

GA는 무슨, 무슨 법인 혹은 금융이 붙는다. 대체적으로 중견기업 규모 정도인.

원수사는 자사 상품만 판매한다. 타사의 상품은 판매할 수 없다. 대박생명이 ○○생명의 상품을 판매할 수 없는 것처럼.

GA는 자사의 상품이 없다. 대박생명, ○○생명, ㅁㅁ생명 등 여러 원수사들과 위탁 판매 계약을 체결하고, 각 회사의 상품을 판매하여 중간 수수료를 챙긴다.

판매 방식. 보험 영업에는 여러 채널이 있다. 연고시장을 공략하는 대면영업 채널. 홈쇼핑 광고를 보고 보험 상담전화를 한 고객에게 유선 안내를 통해 보험 계약을 체결하는 TM 채널.

그리고 울프법인처럼 금융세미나를 하거나, 금융박람회를 하는. 개척 영업을 전문적으로 하는 채널도.

또 한 가지 원수사와 GA의 차이점이 있다면. 원수사의 신입사원은 대체로 영업경력이 없는 젊은 직원들이 많다. 반면 GA는 보험회사를 다녔던 경력자들이 대부분이다. 중년의 아저씨와 아줌마도 많은 편이다.

월요일 아침. 열차는 구로디지털단지역으로 향했고, 울프법인 건물은 역과 멀지 않은 곳에 있었다.

서울역의 대박생명, 대박빌딩 건물이 타워형의 고층 건물이었다면, 울프법인은 5층이 끝. 저층의 넓은 구조였다.

면접장 안에는 지점장이 앉아 있었다. 30대 후반의 여성이었다. 그리고 업무 설명이 시작되었다.

"섭외를 담당하는 사원은 사업장을 방문해 방문 약속을 잡고, 브리핑을 담당하는 사원은 다음날 오전 혹은 오후, 약속된 시간에 사업장에 방문해 브리핑을 진행합니다."

브리핑 영업.

브리핑은 금융세미나를 말한다. 주로 목돈 만들기 플랜. 저금리 시대의 저축 방안 등. 금융을 주제로 세미나를 하며 상품 판촉을 하는.

채용공고를 보며 많은 회사들 중에 울프법인을 선택한 것은 금융세미나를 통해 영업을 한다는 점이었다.

프로젝터가 돌아가며, 빔이 비치는 스크린 앞에 서서 세미나를 진행하며 상품에 대해 설명하는 영업 방식이 근사하게 느껴졌다.

면접은 10분, 15분 뒤에 끝이 났다. 특별히 긴장감은 없었다. 울프법인 또한 보험회사였다. 조직 확장의 임무가 있는.

그리고 그날 저녁, 지점장으로부터 전화가 걸려왔다. 이번에도 황급히 전화를 받았고, 지점장은 말했다.

"내일 나오실 수 있죠? 내일부터 일 시작합시다!"

방의 창문 밖으로는 저녁놀이 번지고 있었다. 두 번째 보험회사였다.

개척 영업

개척 영업에 매료되었던 것은 개척을 한다는 것
은 풀숲으로 뒤덮인 낯선 길. 앞으로 나아갈수록
새롭게 펼쳐지는 미지의 것들에 주눅 들지 않고
그것들을 환대하며 나아가는 터프한 방식 때문이
었다. 그리고 끝내 얻어내고야 마는 것. 아마 삶에
서도 그럴 거라 생각했다.

다음날 아침. 봄 햇살은 눈부셨고, 바람은 선선
했다. 그리고 독산역 앞에서 팀장 B의 차를 기다
리고 있었다. 팀장 B를 처음 만난 날이었다. 나보

다 네 살 많은 형이었다.

팀장 B는 독산역 앞에서 나를 픽업했고, 용인
으로 이동하는 동안 차 안에서는 대박생명을 다
닐 때의 영업실적은 어땠는지. 그리고 여기서의
업무 방식에 관한 것들. 이런저런 이야기를 나누
게 되었다.

그리고 그날 아파트형 공장을 처음 방문했다. 아
파트형 공장이란 아파트처럼 되어 있는 빌딩이다.
직육면체의 푸른색 빌딩. 그리고 빌딩 안에는
1201호, 1202호, 1203호 등등. 소형사무실들이
입주해있고, 현관에는 ○○엔지니어링, ○○산업
등의 명패가 붙어 있는.

그리고 빌딩 1, 2층에는 카페, 부동산 중개사무
소 등이 입주해 있고, 3층부터 19층 혹은 22층
꼭대기 층까지 소형사무실들이 가가호호 입주해
있는.
사무실 안에는 보통 7~8명 정도가 있고, 많게

는 10~12명 정도 있는.

어느새 차는 용인에 있던 한 아파트형 공장의 지하주차장에 도착했고, 1층에서 함께 팀장 B와 엘리베이터에 올랐다.

그리고 팀장 B는 16층을 눌렀다. 층수는 무작위로 선택했다. 엘리베이터 문이 열리자, 대리석으로 된 복도를 걸어 팀장 B와 함께 한 사무실 문 앞에 섰다. 그리고 초인종을 누르자 젊은 여직원이 문을 열었다.

여직원이 말했다.
"어디서 오셨어요?"
팀장 B는 물었다.
"대표님 계십니까?"
그리고 여직원의 안내를 받아 나는 뒤따라 걸었고, 팀장 B는 대표실 안으로 들어갔다. 대표실 안에는 50대 중후반 정도 되어 보이는 사장님이 앉아 있었다.

그리고 팀장 B는 설명했다.

"그래서 내일 아침에 저희가 목돈 만들기 플랜을 주제로 금융세미나를 하기 위해…."

널찍한 소파에 앉아 있던 사장님은 탐탁지 않아 하는 것도 않지만, 그렇다고 특별히 반기는 것도 아닌. 심드렁한 말투로 말했다.

"네. 그럼 와보세요."

자리에서 일어난 팀장 B는 사장님의 명함을 받고 사무실을 나왔다.

그리고 팀장 B는 내게 말했다. 시범을 보여줬다는 듯. 너무 많을 말을 하면 안 된다는 것. 그리고 상대방의 눈을 마주치며 말해야 된다는 것.

그렇게 한 군데 섭외를 성공했다. 내일 오전 9시에 방문할.

그리고 팀장 B는 이제 혼자 해볼 수 있지 않겠느냐 하는 식으로 말했다.

"이제 한 번 해보시겠어요? 혼자서."

팀장 B와 함께 복도를 지나 맞은편에 있던 사무실 안으로 들어갔다. 이번에는 팀장 B가 뒤따랐고, 나의 머릿속에서는 팀장 B의 표정, 말투, 손짓이 떠올랐다. 그리고 어설프게 따라 했다.

첫 섭외를 잡고 나니, 팀장 B는 차를 타고 떠났고, 나는 푸른색 빌딩의 복도와 비상계단. 그렇게 16층부터 5층까지 사무실 가가호호 초인종을 눌렀다. 어떤 곳은 건너뛰기도 했고, 어떤 곳은 문을 안 열어주기도 했다.

어느덧 점심시간이 되었고, 빌딩 밖을 나오니 직장인들은 제각기 식당, 카페로 이동하고 있었다.
그렇게 오후. 봄 햇살 아래 빌딩 숲에 서서 서류 가방을 든 채 또 새롭게 개척할 곳을 찾고 있었다.

개척 영업

사무실을 가가호호 방문하여 방문 약속을 잡는 섭외 사원. 방문 약속이 잡힌 사무실을 방문하여 금융세미나를 하는 브리핑 사원. 섭외사원은 섭외 자라 부르고, 브리핑 사원은 브리퍼라 부른다.

스물일곱 봄부터 겨울까지 일하면서 섭외 일을 하기도 했고, 브리핑 일을 하기도 했지만 주로 섭외 일을 했다.

섭외를 하면서 가장 중요한 건 섭외 장소를 물색하는 일이다. 부동산 사이트에 들어가 신축된 아파트형 공장을 검색하는 것.

섭외를 잡을 때면 아파트형 공장마다 온도 차가 크기 때문이다. 섭외 장소는 주로 평촌, 군포, 가산디지털단지, 구로, 부천 등등. 아파트형 공장이 밀집되어 있는 곳.

예를 들어 어느 봄날, 평촌역 앞에 있는 A 빌딩으로 섭외를 나갔는데 비교적 수월하게 섭외가 잘 되었던 반면, 맞은편 5분 거리에 있는 B 빌딩은 사무실 스무 군데를 돌아도 한 군데도 잡기 힘들 만큼 냉대가 심하기도 했다.

그리고 어느 여름날에 있던 일이었다. 열차를 타고 군포역에서 내려 신축된 아파트형 공장인 럭키 빌딩까지 걸어가던 중이었다. 전날 섭외를 잡았던. 여름날이라 무척 무더웠고, 와이셔츠의 등 부분은 땀으로 흠뻑 젖어 있었다.

그날 브리핑이 예정된 곳은 오전 9시 (○○엔지니어링), 오전 10시 (□□산업), 오전 11시 (△△컴퍼니) 등등….

오전 9시부터 시작해서 서너 군데가 있었다.

그리고 브리핑은 최 대리가 하기로 예정되어 있었다. 보통 섭외자와 브리퍼는 이렇게 매칭된다.

3층을 쓰는 파도 지점의 1팀장이, 4층을 쓰는 햇살 지점의 2팀장한테 전화를 건다.

"2팀에 쉬고 있는 브리퍼분 있나요? 저희 팀에 섭외자 한 분 있어서서."

"예. 저희 팀에 김 대리가 섭외자를 구하고 있는데요."

그리고 1팀장, 2팀장과 섭외자와 브리퍼 간에 간단한 미팅 후 대화가 되고 나면 섭외자와 브리퍼는 2인 1조가 되어 일을 시작한다.

보통 한두 달 같이 일하지만, 실적이 하강할 즈음이면 헤어지게 되고, 서로 다른 파트너를 찾는다. 이런 이유로 섭외자와 브리퍼는 주로 다른 지점 사원들끼리 매칭된다.

어쨌거나 도보로 10분 정도 걸어 럭키빌딩 안으로 들어갔을 때였다. 회전문 앞에는 검은 슬랙스

바지와 하얀 셔츠를 입은 청년이 서 있었다.

대충 나와 동년배 같았다. 그리고 청년은 나와 눈이 마주치자 또랑또랑한 목소리로 말했다.

"선생님! 카드 한 장만 만들어주십시오!"

보통 회전문 안으로 들어온 사람들은 청년의 말을 무시하며 빠르게 지나갔지만, 나는 잠깐 머뭇거리게 되었다. 호기심 때문이었다.

카드 영업사원의 영업방식, 상품이 궁금하기도 했지만 시간도 꽤 많이 남아 있었다. 최 대리가 럭키 빌딩에 도착하려면.

그리고 나는 상대의 제안에 선뜻 응하듯 카드 영업맨과 함께 1층에 있는 카페 안으로 들어갔다. 그리고 카드 영업맨의 '브리핑'이 시작되었다. 카드 영업맨이 갖고 있던 한 장의 종이. 팸플릿에는 상품의 특징, 혜택 등이 일목요연하게 정리되어 있었다.

상품이 제법 구미가 당겼고, 상품에 가입하려고 했지만 생각지도 않게 핸드폰 벨이 울렸다. 최 대리가 생각보다 일찍 도착했던 것이었다.

"저 지금 주차장에 도착했는데 위로 올라가면 될까요?"

10분간 이어졌던 설명은 끝이 났다.

"예. 1층 엘리베이터 앞에서 만나요."

핸드폰을 집어넣으며 자리에서 일어났고, 카드 영업맨에게 명함 한 장만 받고 서둘러 카페를 빠져나왔다. 상품이 마음에 드니 다시 연락 주겠다는 짧은 말만 남기고.

그리고 최 대리와 함께 1층에서 엘리베이터에 올랐고, 엘리베이터가 11층으로 올라가는 동안 마치 리허설이라도 하는 양 간단한 대화를 나눴다.

"대표님 통해서 섭외 잡았고요. 안에 직원분들은 일곱 명 정도 있어요. 브리핑을 하기에는 좋은 분위기일 거예요."

물론 전날 섭외를 잡고 나서 어디 어디 섭외를 잡았다. 몇 군데 잡았다. 간단한 섭외 정보를 브리퍼한테 문자로 전송하지만.

그날도 어김없이 브리핑은 순조롭게 진행되었다. 1103호, 사무실의 회의실에 있는 테이블에는 일곱, 여덟 명의 직원들이 옹기종기 앉아 있었고, 프로젝터가 기계 소리를 내며 돌아가자 스크린에 빔이 비치며 스크린 중앙에는 세미나의 자료들이 흘러갔다.

그리고 최 대리는 프로의 실력을 자랑하며 근사하게 브리핑을 진행하고 있었고, 브리핑이 진행되는 동안 나는 회의실 문 앞에 서 있었다.

그렇게 십 분, 십오 분 정도 흘렀을 즈음 사무실의 초인종 소리가 들렸는데, 회의실에 앉아 있던 모든 직원들의 시선은 문밖으로 쏠렸다.

그리고 나는 조금 당황하고 말았다. 문밖에는 1층에서 마주쳤던 카드 영업맨이 우두커니 서 있었다.

그리고 나와 눈이 마주치자 반갑다는 듯 조금 웃어 보였다.

그리고 나의 시선이 이쪽에서 저쪽으로 움직이는 동안 자리에 앉아 있던, 직책이 과장쯤 되는 중년의 직원은 마치 밖에 서 있는 카드 영업맨을 나의 동료라고 생각한 듯했다.

"어? 다른 직원분도 오셨네요. 들어오시라고 해요."

"예."

최 대리의 브리핑은 중단되어 있었고, 나는 조그마하게 말한 뒤 황급히 문을 향해 걸어갔다. 그리고 문을 열고 복도에 섰을 때 카드 영업맨은 또랑또랑한 목소리로 내게 말했다.

"회의 중이셨군요, 선생님!"

그리고 그때 나는 마치 아지트를 들킨 악당이라도 된 것처럼 조금 혼란스러워하고 있었다. 어떻게 대처해야 할지.

그리고 나는 카드 영업맨의 어깨에 살짝 손을 올린 뒤 그와 함께 복도 끝으로 이동했다. 그리고 히든카드를 꺼내듯 자초지종 설명하기 시작했다.

"사실 저희도 영업 중이었습니다. 보험회사에서 나온."

그리고 머릿속에서 그런 장면들이 흘러갔다. 최 대리와 내가 브리핑을 마치고 사무실을 나오자, 카드 영업맨이 혼자 혹은 아래층에 있을지도 모를 그의 동료들과 사무실 안으로 들어가 카드 영업을 하는 모습을.

전날, 방문 약속을 잡고 세미나를 하기 위해 초대받은 손님처럼 사무실 안으로 들어왔지만, 사무실을 나오자 보험회사 영업사원의 퇴장과 동시에 카드사 영업사원의 등장으로 나와 최 대리가 묘하게 불청객처럼 바뀌어버리는 상황을.

나는 카드 영업맨한테 말했다.

"그래서 혹시라도 오후에 저곳은 방문하지 말아주셨으면…."

카드 영업맨은 흔쾌히 대답했다.

"예. 그러죠, 선생님!"

카드 영업맨은 초록색 불빛이 반짝이는 비상계단 쪽을 향해 걸어갔고, 나는 다시 사무실 안으로 들어갔다.

그리고 사무실 안으로 들어갔을 때 최 대리는 브리핑을 순조롭게 마쳤다는 듯 테이블에 앉아 있는 직원들한테 계약서에 사인을 받고 있었고, 그렇게 11층. 9층. 6층 등. 브리핑 일정을 모두 마치고 빌딩 밖으로 나오니 해는 저물어가고 있었다.

최 대리는 계약서를 총무 부서에 제출하기 위해 차를 타고 떠났고, 나는 숨을 고른 뒤 다시 럭키빌딩 옆 세븐빌딩으로 넘어갔다.

또다시 19층 아니면 20층. 고층 어딘가에서부터 5층 아니면 4층. 저층 어딘가까지 사무실 가가호호, 비상계단을 타고 내려가며 섭외를 잡기 위해.

그리고 주말이 흘렀다. 깜빡 잊을 수도 있지만 카드 영업맨이 준 한 장의 명함 때문에 빌딩 안에서 있던 일이 머릿속에서 계속 둥둥 떠다녔다.

그리고 나는 카드 영업맨에게 단호하게 전화를 걸었다.

"일요일에 점심에 철산역에서 만납시다!"

카드 영업맨은 말했다.

"예. 선생님!"

어느 여름, 일요일 점심. 카페의 창가에는 여름 햇살 아래 연둣빛 잎들. 가판대의 상품들과 행상.

거리를 지나다니는 사람들이 비췄고, 나는 카드 영업맨이 갖고 온 계약서에 사인을 했다.

카드 영업맨의 상품이 마음에 들기도 했지만, 카드 영업맨의 영업 방식이 궁금해 카페 안으로 들어갔던 나의 속내와 카드 영업맨의 설명 도중 갑작스럽게 울린 최 대리의 전화도. 그리고 최 대리가 브리핑을 하던 도중 현관 밖에서 초인종을 누른 카드 영업맨도. 그리고 약속을 지킨 카드 영업맨의 신의도. 그런 우연적인 순간에 끌렸던 것 같다.

시간이 흘러 문득 머릿속으로 스물일곱 어느 여름날, 한 빌딩 안에서 있던 일이 떠오를 때가 있다. 그럴 때면 기억은 프로젝터의 빔처럼 스크린 위로 환한 영상들을 만들어내고, 그 속에서 우연, 인연은 단편영화의 줄거리처럼 짤막하면서도 즐겁게 흘러간다.

그리고 그것은 이따금 삶에 고소한 웃음을 선사한다. 딴생각에 빠져버린 사이 불청객처럼 우리의 머릿속으로 슬며시 들어와.

스물아홉 여름, 친구 그리고 첫 소설

　그리고 스물여덟 여름. 독산역에서 탄 상행선 열차. 노량진역에서 탄 하행선 열차. 학원 수업을 마치고 건물 밖으로 나오면 저물어가던 저녁 해. 다시 공무원 시험 수험생이 된 나의 일상은 반복적으로 흘러가고 있었다.

　가끔 학원 강의실에 앉아 있으면 기분이 이상할 때가 있었다. 그러니까 보통 추리닝을 입고 학원 강의실에 앉아 있다 취업에 성공해 양복을 입은 직장인이 된다든지. 꼭 양복은 아니더라도. 어쨌거나 직장인이 되어 강의실을 떠나야 하는데, 보험회사를 다니며 양복을 입은 채 서류가방을 들고 다니다 다시 노량진의 학원 강의실에 앉아 있으니 마치 신비한 모험을 마치고 차원을 넘어 다시 원래의 일상으로 되돌아온 만화주인공이 된 듯한 기분을 느낄 때가 많았다.

그건 아마도 스물여섯 가을부터 스물일곱 봄까지. 그리고 스물일곱 봄부터 스물일곱 겨울까지. 대박생명, 울프법인을 다니며 그사이 나의 삶 속에는 많은 에피소드들이 쌓여 있었기 때문이라 생각했다. 이따금 나의 기억 속에는 스물여섯 가을부터 시작된 날들이 〈천일야화〉의 세헤라자데의 이야기처럼 끝없이 펼쳐졌고, 기억 속에서 흘러가는 그 이야기들은 날마다 내게 새로운 의미, 새로운 감정, 그리움으로 다가왔다.

그리고 스물여덟 여름. 늘 즐겁게 만나던 친구가 있었다. 태수라는 친구였다. 영문학과 동기였던.
태수와 나는 항상 서울 번화가에 있는 선술집에

서 만났고, 그 안에서 우리는 많은 대화를 나눴다. 태수와 술 한 잔을 하며 대화를 나누는 건 시원한 물장구를 치다 밖으로 나와 찬바람을 맞는 것처럼 알딸딸하고 오들오들 떨리면서도 즐거움과 환희로 가득 차게 하는 그런 감정을 느끼게 해주었다.

태수와 만나면 나는 주로 보험회사 영업사원으로서 흘러간 날들에 대해 이야기했다. 그리고 나는 보험회사 영업사원으로 흘러간 날들을 드라마처럼 이야기하는 걸 좋아했다.

태수는 주로 호빗, 드래곤, 엘프 등. 초자연적인 존재. 환상적인 이야기들을 하는 걸 좋아했는데 그때 모르고 있었지만 태수 녀석은 환상 소설을 쓰고 있었다.

그때 태수 녀석은 작가 지망생이었지만, 나는 그것에 대해 진지하게 생각해본 적이 없었다. 만약, 녀석이 취업, 승진, 연봉 등에 대해 이야기했다면 귀를 쫑긋 세웠을 테지만.

그러던 어느 여름날이었다. 태수 녀석이 정식 작가가 된 것은. 스물여덟 여름. 선술집 안에서 태수는 내게 문자메시지 하나를 보내주었다.

www.파랑새.com

파랑새는 온라인 플랫폼이라고도 하는데, 주로 판타지, 무협 등의 장르소설을 연재하는 곳이었다.

파랑새의 경우, 출판사와 정식 계약을 맺은 작가의 소설은 연재 게시판에 일주일에 두세 번씩. 그러니까 주 2, 3회 차가 올라오고, 독자들은 한 회차당 500원 정도 되는 돈을 지불하고 소설을 구매해 읽는다.

그리고 스물여덟 여름. 여름에서 겨울까지 금방 흘러갔고, 겨울이 되었을 때도 태수 녀석은 계속해서 플랫폼에 소설을 연재하고 있었다.

그리고 한겨울 이불을 덮고 귤을 까먹으며 즐거운 이야기를 듣듯 나는 녀석의 소설을 계속 읽어가고 있었다.

스물아홉 여름, 친구 그리고 첫 소설

그렇게 스물여덟 여름, 가을, 겨울. 일상은 반복적으로 흘러가고 있었다.

그러던 어느 스물아홉 봄이었다. 첫 소설을 쓰게 된 것은. 그때 그 순간은 마치 차츰 붉게 물든 열매가 바람에 떨어지길 기다리다 어느 순간, 톡 하며 떨어져 나의 마음속으로 굴러온 기분이었다.

그 이후로 감정이 차오르는 밤이 되면 소설을 조금씩 썼다. 소설을 쓰면서 조금씩 내적 갈등이 생기기도 했다.

30분, 1시간도 중요한데 소설 쓰는 걸 멈추고 공부를 해야 되지 않을까. 공부를 다 마치고 잠깐 정도면 괜찮지 않을까.

소설을 쓰던 어느 날, 태수 녀석한테 소설을 쓰고 있다는 걸 말했을 때 잘 써보라며 녀석은 웃었지만 그때부터 어쩌면 나와 태수 사이는 조금씩 금이 가고 있었는지 모른다.

시간은 봄에서 여름까지 흘러갔고, 어느 여름날, 소설을 완성하고 나서 고민에 빠졌다. 인쇄소를 찾아가 제본을 하고 말지, 아니면 출판사를 찾아갈지.

그리고 며칠 후 자비 출판을 전문으로 하는 출판사를 찾아가 그해 여름, 첫 소설책을 출간했다.

하지만 등단을 하거나 문예출판사에 응모해 정식적인 작가가 된 것은 아니었다. 스물아홉 여름에도 독산역에서 출발한 상행선 열차. 오후 수업이 끝나고 학원 건물 밖으로 나오면 저물던 저녁 해. 노량진역에서 출발한 하행선 열차. 모든 것은 똑같이 흘러가고 있었다.

가끔 태수 녀석을 만났는데 선술집 안에서 우리는 종종 문학적 논쟁을 벌였다. 현실 문학이냐, 환상 문학이냐.

토마스 만, 헤르만 헤세의 소설을 펼치면, 예술가소설 속 문학, 예술적 논쟁을 벌이는 젊은 청년들의 갈등과 파란, 마치 소설의 한 장면. 그것처럼.

그리고 어느 가을부터 태수 녀석과는 좀처럼 연락이 되지 않았다. 어느 스물아홉 겨울, 녀석의 소설은 어느 한 대형 포털의 웹툰 플랫폼에 연재되고 있었다. 만화로 재제작되어.

좀비와 마법사가 나오는 소설이었다.

많은 댓글, 추천을 받으며 웹툰으로 연재되고 있는 녀석의 소설을 보며 속으로 '자식, 제법 근사하네.'라는 생각이 들었다.

그리고 또 1년은 흘러갔다. 어느덧 이십 대 시절은 지나가버렸고, 서른 살 가을에도 노량진에서의 반복적인 일상은 흘러가고 있었다.

그러던 어느 가을, 위층으로 젊은 부부가 이사를 왔고, 무언가 이상했다. 그날 이후로 생활 소음이 아닌 계속해서 쿵쿵거리는 소리가 들렸고, 서른한 살 봄에는 집을 나와 노량진 고시원에서 생활하고 있었다.

그리고 어느 봄날, 국가직 시험도 망하고, 지방직 시험 일정이 다가오며 나는 고민하고 있었다. 어느 지역에 원서를 넣어야 할지.

수원, 안양, 광명 등등….

가 을

서른한 살 가을. 가을이 시작될 무렵 임용식이
있었다.

그 후 광명, 행복1동 동사무소에 배정받아 민원 업
무를 맡게 되었다. 등본, 초본, 인감증명서 발급 등등.

그때도 여전히 길거리에서는 특정한 동작을 반
복하는 낯선 사람들을 마주쳤다. 원룸 방에서는
소설을 쓰려고 할 때면 쿵쿵거리는 소리가 들렸다.
봄부터 가을까지 내게 왜 이런 일이 일어나는

건지 알 수 없었다.

그렇다고 낯선 사람들을 신고할 수도 없었다. 특정한 동작을 잠깐 취했다 지나가는 사람들을 신고할 근거나 증거가 있을 리가 없었다.

원룸 같은 경우에는 옥탑방으로 옮기는 수밖에 없겠다는 생각이 들었다. 적어도 꼭대기 층이라 쿵쿵거릴 일도 없고, 적어도 미행을 하는 사람들이 옥상, 방 앞까지 얼쩡거리지는 않을 거라 생각했다.

여름이 끝나갈 무렵 핸드폰과 노트북을 들고 관할 경찰서를 찾은 적이 있지만, 피해 상황이 없으니 도청 및 감청을 당하고 있다고 수사 요청을 해도, 수사가 개시될 리가 없었다. 결국 경찰서를 빈손으로 나와야 했다.

하지만 몸과 마음은 무척 건강했다. 여전히 독서를 즐겼고, 주말이면 등산을 하기도 하고, 헬스를 하거나 달리기 운동을 하기도 했다.

어느 가을 주말, 가족끼리 나들이를 떠난 적이 있었다. 아빠한테는 예전에도 몇 번 내가 정보기관 직원들로부터 미행을 당한 적이 있다고 말한 적이 있었다.

아빠는 시큰둥하게 "글쎄. 그놈들이 근데 너를 왜 쫓아다닐까. 할 일이 없나?"라고 말씀하셨다. 그렇게 늘 대답하셨다.

그날, 아빠는 운전석에 앉아 있었고, 엄마가 준비를 마치고 차로 내려오기 전 나는 아빠한테 요즘에도 그놈들이 미행을 한다고 말했다. 갑자기 문득 떠오른 말이었다. 아마 한 달 전, 두 달 전쯤 말하고 그 이후로 하지 않은. 그냥 최신 동향이나 말하려고 얼떨결에 꺼낸 말이었는데 룸미러에 보인 아빠의 눈시울은 조금 붉어져 있었다.

"네가 자꾸 그걸 신경 쓰니까 개들이 널 쫓아다니는 거야. 가만히 있으면 개들도 알아서 나가떨어져. 네가 자꾸 그걸 신경 쓸수록 네 정신만 쇠약해져."

하지만 그렇다고 아빠한테 원룸에서 일어나는

일에 대해서까지 말하지는 않았다. 그냥 미행을 당하고 있다는 정도만 말했다. 혹시 모르니까 이 정도는 아빠한테도 말하는 게 좋을 거라 생각했다.

그리고 그날 이후, 내게 일어나고 있는 이상한 일들에 대해 누구한테도 말할 수 없었다. 직장 동료한테도. 친구들한테도.

친구들, 서른이 넘으니 가끔씩 만나던 동네 친구들도 어느새 다들 연락이 뜸해져 있었다. 결국 특별히 말할 사람도 없었다.

그리고 그때 알았다. 예를 들어 카페 안에서 내 맞은편에 앉아 있는 어떤 사람1이 휘파람을 불며 모자를 벗었다 다시 썼을 때 나는 그 사람이 사람을 미행하고 다니는 정보기관 직원임을 알아차릴 수 있지만 이것에 대해 카페의 점원에 대해 말하기는 힘들다는 것을.

요컨대 어느 날 저녁, 내가 유령을 봤다고 말하면 어떤 사람들은 그것을 사실로 믿어줄지도 모르지만, 내가 정보기관 직원으로부터 미행을 당하고 있다고 말하면 그것을 사실로 믿어줄 사람은 좀처럼 없다는 걸 알게 되었다.

그리고 아마도 카페 점원의 눈에는, 그러니까 점원의 인식에는 평범한 손님인 어떤 사람1에 대해 그 사람이 정보기관 직원이라는 것을 말함으로써 그 혹은 그녀의 인식에 인위적으로 개입을 하는 건 불필요한 일이라 생각했다. 왜냐하면 그 혹은 그녀의 입장에서는 어떤 사람1이 정보기관 직원임을 굳이 알 필요가 전혀 없기 때문이었다. 쓸데없이 불안감 내지 의혹을 느끼며. 하지만 무엇보다 이상한 사람이 되는 게 두려웠다.

어느 가을 주말 아침. 원룸 방에 있던 모든 짐들을 다 빼버렸고, 옥탑방으로 방을 옮길 준비를 마쳤다. 그리고 가을이 흘러가는 동안 옥탑방 안에서는 언론 제보를 준비하고 있었다.

옥탑방의 위치는 금천구 두산로3길에 있었다. 기존 원룸 방과 10분 거리에 있는.

가 을

그리고 나는 내게 일어난 이상한 일들. 상황들을 정리하기 시작했다.

서른한 살 봄. 노량진 고시원을 얻었을 즈음 길거리에서 마주치던 낯선 사람들. 그리고 한여름, 포항과 부산에서도 계속되었던 미행. 어느새 과장된 동작에서 점차 조금씩 평범한 동작으로 바뀌던 어떤 사람1, 어떤 사람2, 어떤 사람3….

그리고 소설을 쓰려고 할 때마다 원룸 천장에서 들리던 쿵쿵거리는 소리. 마치 무언가로 바닥을 계속 콕콕 찍어대는 듯한.

하지만 곧바로 언론 제보를 할 수는 없었다. 아마도 나의 메일을 받은 기자는 동료 기자한테 이렇게 말할 거라 생각했다.

"아침부터 별 정신 나간 사람이 메일을 다 보내네."

그때 나는 내게 왜 이런 일이 일어나는지 그 이유에 대해 생각하기보다 내게도 이런 일이 일어나는 게 가능하다면, 기술적으로 다른 사람에게도 충분히 일어나는 게 가능하고, 일어나고 있을지도 모를 일이라 생각했다.

나는 핸드폰이나 노트북이 고장이 나 수리 센터에 맡겨본 적이 없었다. 그러니까 영화에서 보는 것처럼 한눈판 사이 몰래 기기 안에다 칩을 넣거나 하는, 그런 건 염두에 두지 않았다.

여름이 끝나갈 무렵 알게 되었다. 핸드폰, 노트북 전자기기의 화면에 "Error" 문구와 함께 푸른

색의 고장 표시가 뜨지 않아도, 그러니까 기계가 정상적으로 구동되고 화면이 멀쩡하게 돌아가고 있어도 정보기관에서는 원격으로, 마치 CCTV 화면을 보듯 기기를 도청 및 감청, 감시를 할 수 있다는 걸 알게 되었다.

그리고 나는 추론하기 시작했다. 예를 들어 뉴스에서 나온, 누군가의 비밀번호 잠금이 풀리지 않은 정치 거물의 해외기종 핸드폰을 수사기관, 경찰에서 풀어보기 전에 정보기관에서 실시간으로 핸드폰 사용 내역을 확인할 수 있다는 것과 기자들이 사무실에 앉아 컴퓨터로 기사를 작성하는 동안, 컴퓨터가 멀쩡히 돌아가는 동안 정보기관에서는 그것들을 투명한 유리 안으로 비친 무언가를 보듯 들여다볼 수 있다는 것도 알게 되었다.

그리고 나는 ○○일보, □□일보 기자들 30명의 메일 주소를 적어놓았다. 특별히 걱정이 들거나 긴장이 되지는 않았다.

빅 브라더의 시대가 온 것처럼 내가 제보할 내용들을 작성하는 걸 감시할 수는 있어도 옛날처럼 양복을 입은 남자들이 나를 봉고차에 태워 갖고 갈 거라는 생각이 들지는 않았다.

봄부터 가을까지 나는 무탈했고, 그리고 언론 제보를 하고 나서 나의 제보에 관심을 갖는 기자가 있다면, 개인적으로 접촉해 내게 일어난 이상한 일들과 어느 날, 이사를 왔던 젊은 부부. 15층 사람들과 원룸 위층 601호에 관해 말하며, 기자가 냄새를 맡고 무언가를 캐다 보면 분명 어떤 증거, 흔적이 나올 거라 생각하고 있었다.

가 을

가을 주말, 옥탑방에서 언론에 제보할 내용들을 작성하기 시작했다.

하지만 막상 제보할 내용들을 작성하고 나니 내적 갈등이 일기 시작했다. 그때는 그렇게 판단했었다.

그러니까 이런 이상한 일은 봄부터 가을까지 일어났고, 지금도 일어나고 있지만, 마차를 끈질기게 쫓던 개가 체력이 떨어지고 이빨에 힘이 풀리는 순간이 올 거라 생각했다.

아마도 겨울쯤일 거라 생각했다. 그리고 그때가 되면 내게 일어난 이상한 일들과 정보기관에 대한 이야기들을 중편 분량의 소설로 쓰고, 그 후에 소설을 다 쓰고 나면 언론 제보를 시작할 생각이었다. 얼음 컵 안에 든 찬물을 찬찬히 마시고 조금 기다렸다 얼음마저 녹으면 그것마저 모두 마셔버릴 심산이었다.

　그리고 그렇게 되면 내게 일어났던 이상한 일들. 나를 미행하던 낯선 사람들. 비밀과 원인을 알 수 있게 될 거라 생각하고 있었다.

　그렇게 주말이 지나 어느 평일 아침. 동사무소 민원대에 앉아 민원인을 상대하며 등본, 초본, 인감 이런 것들을 발급하고 있을 때였다.

　특이했다. 그러니까 분명 "너" "흐흐" "야" 이런 낯선 남자의 목소리가 가까이에서 들렸다.

　당연히 내 옆자리에 앉아 있던 동료 직원의 목소리는 아니었다. 그도 쉴 틈 없이 바쁘게 민원인이 발급하는 서류를 출력하는 중이었으니까.

그때 나는 두리번거리다 고개를 들었고, 민원대의 투명막 너머 2층, 3층 복도가 눈에 들어왔다. 간사실, 대회의실, 체력 단련실이 있는.

아마도 나는 녀석들이 '특수한 기계'를 사용하고 있을 거라 생각하고 있었다. 예를 들어 그놈들이 평범한 사람들처럼, 평범한 사람들로 위장해 동사무소 안으로 들어와 2층, 3층 복도까지 기어들어와 눈에 잘 보이지도 않는 굉장히 작은 초소형 기계를 어디다 부착 내지 설치해둔 다음 레이저, 주파수처럼 출력되는 기계 음성을 사용하는 거라 생각했다.

음성으로 봤을 때는 나보다 대여섯 살 많아 보이는 남자의 목소리였다. 그렇게 굵직하지 않고, 나긋한 느낌을 주는.

처음에는 굉장히 쉬운 단어들만 들렸다. 야, 너, 흐흐. 이런 단어들. 다음날에도 민원대에서 업무를 보고 있을 때 잠깐 이런 소리가 들렸고, 나는 이게 어디서 나는 소리인지. 진원지가 어디인지 알 수 없었다.

혹시 핸드폰에 내장된 마이크를 통해 출력되는 소리가 아닐까 하는 생각도 들었지만, 일종의 해킹 기술과 관련 있는. 얼마 안 가 핸드폰과도 관련이 없다는 걸 알게 되었다.

그때 나는 여름날, 원룸 방에서 생활했을 때처럼 주말에 잠깐 집에 들렀다. 평일에는 집을 나와 안양천을 지나 옥탑방까지 걸어가는 식으로 생활하고 있었다.

그리고 그런 이상한 소리가 들린 지 나흘이 흘렀을 즈음. 옥탑방 안에서 그 낯선 남자의 목소리가 들리기 시작했을 때 기계 안에서 들리는 소리가 아니라 뇌 안에서 들리는 소리. 인공 환청이라는 걸 알게 되었다.

뇌 해킹

(Joe Hisaishi - One Summer's Day ♪)

가을, 저녁. 처음 옥탑방 안에서 낯선 남자의 목소리가 들렸을 때 나는 주위를 두리번거렸다. 핸드폰에 내장된 마이크에서 나는 소리인지. 아니면 초소형 기기에서 나오는 소리인지.

아마 한 5분 정도, 그는 단순한 말만 내뱉었다. 예를 들어 흐흐. 야. 너. 이런 말들. 문장도 아닌 단순한 낱말, 단어들.

그러다 뭔가 차츰 이상하다는 것을 느낄 즈음 그는 완전한 문장들을 말하기 시작했다.

책상 위에는 어떤 책이 놓여 있고, 냉장고 안에는 어떤 음식이 들어 있고, 심지어 내가 지금 무슨 생각을 하는지 그것마저 말하고 있었다.

마치 방 안에 유령이 있고, 유령이 투명한 상태로 내 방 안에서 휘젓고 있어야 가능한 일이었다. 나의 심(心)까지 꿰뚫어 볼 수 있는.

그리고 그때 나는 나의 뇌가 정보기관의 컴퓨터에 의해 해킹을 당했다는 걸 알게 되었다.

처음에는 컴퓨터가 사람의 생각을 읽는다는 게 이해가 되지 않았다. 가을이 흘러가는 동안 나의 뇌는 정보기관 직원에 의해 계속 감시를 당했고, 가을이 흘러가는 동안 알게 되었다.

우리의 뇌는 어떤 생각을 하거나 어떤 감정을 느끼면 안에서 신경세포가 활동을 시작하며 전기신호를 만들어낸다.

나의 뇌(생각, 감각)	→ 컴퓨터 ←	컴퓨터와 연결된 정보기관 직원의 뇌

　예를 들어 내가 책을 읽을 때. 찬물에 손을 담글 때. 긴장하거나 환희에 젖을 때. 어떤 것을 계획할 때. 나의 신념에 대해 생각할 때. 꿈을 꿀 때. 뇌 안에 있는 신경세포들은 전기신호를 만들어내고, 정보기관의 특수한 컴퓨터는 그러한 뇌 안에서 발생하는 전기신호를 번역가가 암호, 문자, 외국어를 통역, 해독하는 작업을 하듯 그것을 그대로 정보기관 직원의 뇌로 전송한다.

　요컨대 내가 방 안에 서서 냉장고 문을 열어 안에 있는 음식들을 보는 동안 정보기관 직원도 그것을 같이 볼 수 있다.

　한참 뒤. 아니면 조금 늦은 속도로 보는 게 아니라 마치 옆에 함께 있는 것처럼.

　그리고 음식 안에서 풍기는 냄새를 맡으면 정보기관 직원도 그 냄새를 동시에 맡게 된다. 그러고 나서 내가 그 음식을 먹고 싶은지. 아니면 먹기 싫

은지 생각하는 동안. 머릿속에서 생각이 흘러가는 동안 뇌 안에서 전기신호가 발생하고, 정보기관 직원은 내가 '어, 음식이 상했네.'라고 속으로 내가 생각하는 걸 알게 된다. 마치 나의 뇌 안에 비밀스럽게 침입한 것처럼.

늦은 저녁. 낯선 남자의 목소리는 계속해서 들렸고, 그것이 나의 뇌 속에서 들리는 걸 인지했을 때 나는 책상에 있는 의자에 천천히 다가가 앉았다.
특별히 긴장되거나 겁이 나거나 그러지는 않았다.

뇌 해킹

그리고 늦은 저녁, 옥탑방 책상 의자에 앉아 있는 동안 낯선 남자는 내게 계속 말을 걸어왔다.

뇌 안에서 들리는 소리는 청각, 귀를 통해 듣는 소리와 달랐다. 드라마에서 두 인물이 대사를 주고받을 때 들리는 소리와 한 인물이 골똘히 무언가를 생각할 때 들리는 소리의 종류가 다른 것처럼.
꿈에서 들려오는 소리처럼. 사실상 환청에 가까웠다.

가을, 그때 알게 되었다. 정보기관에서는 이런 기술을 보유하고 있다는 것을.

컴퓨터에 연결된 정보기관의 직원과 뇌를 해킹 당한 사람이 대화를 주고받을 때는 손짓을 하거나 입을 벌렸다 오므리지 않아도 된다. 웃거나 슬퍼하는 표정을 지을 필요도 없다.

나의 뇌(생각, 감정)는 투명한 유리관 안에 들어간 것처럼 전시되어 있었고, 정보기관의 직원은 그것을 들여다볼 수 있었다.

그의 관심사는 언론 제보에 관한 것이었다. 그는 내게 언론 제보에 관한 계획을 물었다. 이렇게 저렇게 거짓말을 하거나 발뺌을 할 수도 없었다.

거짓말을 하면, 내가 그것을 사실처럼 말해도 그것이 거짓이라는 걸 나 혼자만 알아야 할지만 나의 뇌에 접속해 있는 그도 그것이 거짓이라는 걸 동시에 알 수 있다. 세상에서 가장 끔찍한 감시였다.

소설을 다 쓰고 나서 출간을 해 저작권을 얻은 다음 언론 제보를 할 것이고. 이메일을 받은 기자 중에 관심 있는 기자가 있으면 개인적으로 접촉할 생각이었다. 언론 제보를 해도 별다른 것이 없으면 정보기관이 해외 업체에서 구매한 이탈리아 해킹 프로그램, 스마트폰 노트북을 들여다볼 수 있는 그 기술에 대해 국회 법사위, 정무위 등 위원회에 소속된 의원의 비서, 보좌진에 문서를 전송할 생각이었다. 그것마저 안 되면 시민단체에 제보할 생각이었다. 결국 원하는 건 나를 미행하고 괴롭히던 정보기관 직원들에 보복하는 거였다.

정보기관 직원은 우리가 그렇게 하게 내버려둘 것 같으냐는 투로 말했고, 내게 제보할 목적으로 작성한 문서를 삭제하라고 지시했다. 폴더 위치까지 말하며. 그는 주말 동안 작성해 노트북에 저장해둔 문서의 위치를 알고 있었다.

삭제하지 않으려고 머뭇거리자 그는 내게 전파 공격을 가했고, 머리 위에서 미세하게 전기가 흐르는 느낌이 들다 머리가 따끔거렸다. 약간의, 경미한 두통을 일으키는.

문서를 삭제하고 나서도 그는 내게 위협적이고 음산한 말들을 지껄였는데, 누군가 내게 귓가로 낮게 속삭이는 소리도 아니고, 환청처럼 뇌 안에서 들리는 소리였다.

뇌 해킹

그렇게 악몽 같은 하루가 지나갔다. 다음날. 출근할 때도 그는 계속 내게 말을 걸어왔다. 부모님한테는 어젯밤 일어났던 일에 대해 말할 수 없었다.

평일 아침, 동사무소의 셔터 밖에는 주민들이 서 있었고, 후문으로 들어와 1층 민원대에 앉아 출력기에 등, 초본 용지를 가지런히 올려놓았을 때 동사무소 내부의 풍경이 눈 안으로 들어왔다. 그리고 나의 시신경 세포를 통해 뇌로 전달되어 그도 그것을 보고 있는 걸 알았지만 아무것도 할 수 없었다.

그리고 그때 정보기관의 과학기술은 상용화된 민간의 것보다 2, 30년은 앞서 있다는 걸 인지하게 되었다.

민원 업무를 보는 동안에도 그는 쿡쿡 찌르듯 계속 내게 말을 걸어왔는데 언론 제보를 할 건지 고문하듯 반복적으로 물었다. 망설임. 불안. 원망의 감정들.

겉으로는 안 해. 안 한다고. 말했지만 속으로는 언젠가 언론제보를 할 생각을 품고 있었다.

그리고 그는 내게 "겉으로는 네가 안 하다고 말하지만, 속마음은 '우리'가 가면 시기를 봐서 언론제보를 할 거라고 말하는데?"라고 취조를 하듯 말했다. 뇌 해킹을 그만두고, 철수하면 내가 딴마음을 품을 거라고 말했다.

마치 그는 양자역학, 슈뢰딩거의 고양이처럼 사

람 마음속에 공존하는, 숨어있는 두 개의 마음을 읽을 수 있는 듯했다.

하지만 봄부터 가을까지 내게 이런 이상한 일이 일어났고, 정보기관으로부터 뇌를 해킹당하기까지 했다.

집 안에 있는 모든 물건들. 추억이 깃든 물건들을 모두 빼앗기고 나서 그것을 망각하라고 하면 그것이 어떻게 가능할까. 누가 그것을 할 수 있을까.

뇌 해킹

그리고 그 다음날에도. 그 다음날에도, 그의 취조와 고문은 계속되었다.

처음 어느 가을 저녁, 뇌 해킹을 당했다는 걸 알았을 때 긴장을 하거나 무섭다기보다는 문득 든 생각이 있었다.

서른한 살 봄부터 가을까지 내게 일어났던 일들. 거리에서 낯선 사람들에게 물어본 적이 있지만 허탕을 치고 만.

이제 나의 뇌와 그의 뇌는 정보기관 컴퓨터를 통해 연결되어 있었고, 이렇게 맞닥뜨리게 되었으니 묻고 싶어졌다.

봄부터 가을까지 보았던 거리에서 특정한 동작을 하던 낯선 사람들. 그리고 소설을 쓰려고 할 때면 들리던 쿵쿵거리는 소리.

내게 왜 이런 일이 일어난 건지. 내게 대체 왜 이런 일을 한 건지.

처음에 그는 내게 소설 때문에 벌어진 일이라 말했다. 하지만 영세한 출판사에서 자비로 고작 200부만 출간한 책이었다. 내가 믿기지 않는다는 듯 항변하듯 말하자, 그는 카드를 바꾸듯 옆집 혹은 윗집과 관련이 있는 것처럼 묘한 말을 했다. 예전에 살았던 사람들. 한참 몇 년 전에.

그러자 머릿속으로 몇 년 전, 옆집에 살던 부부와 소음 문제로 싸웠던 일들이 떠올랐다. 윗집으로 여러 번 올라갔던 일도.

하지만 끝내 내가 소설 때문에 벌어진 일이라 믿어버리면, 그는 다른 이유를 댔고, 또 옆집 혹은 윗집에 살았던 사람들과 관련이 있을 거라 생각하게 되면, 생각이 그렇게 흐르면 그는 또 다른 이유를 댔다.

뇌 해킹

터무니없는 말이었다.

몇 년 전, 옆집에 살던 사람들. 그리고 서른 살 가을, 젊은 부부가 이사 오기 전에 살던 사람들. 한 분은 사업자였고, 다른 한 분은 평범한 종교인이었다.

하지만 그의 말을 듣고 나서, 어쩌면 누군가의 사적인 복수. 그러니까 이웃이었던 사람 중 누군가 정보기관의 중간급 간부와 친분, 연관이 있고, 그래서 봄부터 가을까지 이런 일을 당한 거라는 생각이 들기도 했다. 그리고 그의 말을 듣고 있으면 심리적으로 괴로움에 빠질 수밖에 없었다. 분노와 증오의 감정들.

시간이 흘러 그는 심리정보국에 속한 사람이었다는 걸 알게 됐고, 그리고 뇌 해킹을 당한 지 나흘이 흘렀을 즈음 그는 내게 이상한 기술들을 사용했다.

어떨 때는 나의 뇌 속에서 세탁기 돌리는 소리를 듣게 했고, 벽돌을 깨부수는 소리가 들리기도 했다. 덜컹거리는 다리, 교량과 그 위를 지나가는 철도 소리도.

그리고 그날 이후 그는 나의 후각에 장난을 치기도 했다. 퇴근길, 도시 한복판에서 논밭 냄새를 맡기도 했고, 역겹고 메스꺼운 냄새를 맡게 하기도 했다.

실제로 주먹으로 코를 쳐서 코피를 터뜨리는 게 아니었다. 뇌의 특정 부위를 자극하여 컴퓨터에 연결된 나의 뇌, 신경세포에 어떤 것을 주입 혹은 (컴퓨터 프로그램에) 명령함으로써 환각 환청에 시달리듯 인공적인 냄새를 맡게 하는 거였다.

물론 이런 것을 당하면서 나는 욕을 했고, 욕을 한다는 것은 입을 벌려 크게 고함을 치는 게 아닌, 입술을 조금 깨물며 혼잣말을 하듯 속으로 욕을 하는 것뿐이었다.

그러면 그렇게 나의 뇌와 연결된 그는 욕을 듣고 있었고, 나의 욕을 듣다 자기도 욕을 하기 시작했다.

그러다 나의 분노가, 분노를 비유적으로, 단위로 표현하자면 30Hz에서 50Hz 그리고 100Hz까지 올라갈 정도가 되면.

그래서 기관 내부 컴퓨터 화면에 출력된 나의 뇌파가 '—'에서 'W' 상태가 될 정도가 되면, 그는 대화를 딴 데로 돌리거나, 본인은 볼 일을 다 봤다는 듯 심드렁해져 아무런 대답도 없었다.

그리고 나는 여기에 진실이 있을 거라 생각했다. 나는 마루타가 됐고, 정보기관으로부터 생체실험을 당하고 있는 거라는 생각이 들었다. 뇌 과학 연구를 위한. 뇌의 신경과 관련된.

뇌 해킹

그리고 나는 마루타, 생체 실험의 대상이 된 이유에 대해 생각했다. 아웃사이더, 괴짜, 외톨이.

주말에 누군가와 전화도 잘 안 하고, 별다른 약속도 없는.

아마 동아리 회장, 어딜 가나 반장을 도맡는 유형의 사람들은 대상이 되지 않을 거라 생각했다.

고립되기 쉽고, 주변에 알릴 사람들이 많지 않아 소외되고, 정신병자로 치부되기 쉬운.

국내 어딘가에 나와 같은 대상자가 된. 고통 받는 사람들이 있을 거라는 생각이 들었다. 남들한테 말하지 않거나, 말하다 포기해버린.

열흘이 흘렀을 즈음. 어느 주말 점심, 옥탑방에서는 쿵쿵거리는 소리가 들렸다. 그는 나를 약 올리듯 "잘 봐. 들리지." 이렇게 말했다.

이상했다. 분명히 옥상, 맨 꼭대기 층이었다. 사람이 뛰는 소리가 들리기도 했고, 무언가를 굴리는 소리가 들리기도 했다.

그리고 그때 머릿속으로 흘러갔다.

여름날, 부산에서 일어났던 소동도. 여름이 흘러가는 동안 601호에서 들리던 쿵쿵거리는 소리도. 쿵쿵거리는 소리 때문에 담벼락에 서 6층 창가를 보았을 때 늘 꺼져 있던 불빛도.

그리고 모든 것이 조금씩 이해가 되었다.

그 순간은 마치 움직이는 배, 그리고 배 밑, 물 위로 드리운 거대한 그림자. 그것이 집요하게 졸졸 쫓아오다 자신의 정체를 드러내며 펄쩍 뛰어오른 기분이었다.

맥박수가 굉장히 높아져 있었고, 나의 머릿속은 그만 찬물에 모두 젖어버리는 것만 같았다.

뇌 해킹

그리고 나의 머릿속은 어느 여름날로 흘러가 있었다.

원룸 방에 앉아 소설을 쓰려고 하면 천장에서 쿵쿵거리는 소리가 들리던 순간과. 그러다 소설을 쓰는 걸 멈추면 인기척이 없을 정도로 조용해지던 순간들이.

불이익이 있을까 봐 위층으로 올라가지는 못했다. 야밤에 위층으로 올라가 문을 쾅쾅 두드리며 항의한다든지.

그냥 이따금 방 안에서 책을 읽다가도, 혼자서 멍하니 앉아 있다가도 위층에서 도청 및 감청 장치를 이용해 나를 감시하고 있을 근무자를 생각했다.

그는 위층 방에 우두커니 조용히 앉아 무슨 생각을 할지. 또 다음 근무자와 교대하려면, 내가 장시간 외출하는 동안 다음 근무자와 교대를 해야 할 텐데, 다음 근무자는 어떻게 몰래 CCTV를 피해 원룸 건물 안으로 들어오고, 방 안에 있던 근무자는 어떻게 몰래 빠져나가는지.

그리고 내가 담벼락에 서서 6층 창가를 바라보려고 하면, 방 안에 있던 사람은 누군가에게 연락을 받고 황급히 방의 전등을 끌 거라고 의심하던 순간도.

그리고 모든 것이 나의 뇌 안에서 들리던 인공

환청이었다는 걸 알게 된 순간 소스라친 감정과 우스운 감정이 동시에 느껴지며, 나는 묘한 기분을 느꼈고, 그러면서 나의 생각이 흐르는 동안 그는 나의 생각들을 달력이 1월부터 12월까지 넘어가는 걸 바라보듯. 사진첩 안에 있는 사진들이 순서대로 넘어가는 걸 훑어보듯 그렇게 나의 생각들을 조감하고 있었다.

뇌 해킹

그리고 나는 어디까지가 인공 환청이고, 어디까지가 진짜 소리였는지 생각했다.

그렇게 가을, 옥탑방 안에서 나는 그와 대화를 나누었다. 그와 대화를 나누는 방식은 책상 의자에 앉아 그냥 무언가를 생각하면 되는 것이었다.

그리고 나의 생각은 서른 살 가을, 아파트 위층에서 들리던 쿵쿵거리는 소리를 떠올렸다. 어느 가을, 젊은 부부가 이사를 오고 나서 외출을 마치고 돌아오면 항상 쿵쿵거리는 소리가 났었다.

세탁기 돌리는 소리, 가구를 옮기는 소리와 같은 생활소음이 아닌 두 사람이 마구 뛰어다니는 소리.

지어진 지 오래된 복도식 아파트라 생활소음이 들릴 법도 했지만, 일상적인 생활소음은 들리지 않고 그냥 사람이 이리저리 뛰어다니는 소리만 들렸다.

무언가 이상하다 여겼고, 봄부터 가을까지 내게 일어난 이상한 일들과 아파트 위층에서 나던 소음이 무언과 연관이 있을 거라는 생각을 갖고 있었다.

그리고 베일에 싸인, 다음 숫자가 어떤 것이 나올지 모른 채로 주사위를 던지는 것이 나의 몫인양 나는 계속 생각했고, 숫자를 불러주는 것이 그의 몫인 양 그는 나의 생각에 이건 이렇다, 저건 저렇다, 중간중간에 말을 했었다.

그는 위층에 살던 젊은 부부를 '우리 애들'이라는 표현을 사용했다. 마치 자신의 하급자, 내지 부서 사람인 양.

그리고 그와 대화를 하는 도중 뇌 해킹을 당하기 전, 아마 나흘 전부터 위층에서 소리가 전혀 나지 않았던 것을 상기했다.

지어진 지 오래된 복도식 아파트라 사람이 있다면, 화장실을 쓰는 소리. 청소하는 소리. 세탁기를 돌리는 소리가 들렸어야 했다. 그날 이후로, 텅 빈 집인 양 소리가 나지 않았다.

그는 웃으며, 벌써 걔들은 철수했다 했고, 그렇게 위층은 빈 집으로 남겨져 있었다. 1년 가까이.

그리고 뉴스에서 보던 의문스런 사건들이 떠올랐다. 몇 달 전부터 은밀히 임대차계약을 맺고 옆집, 윗집으로 이사를 와 해코지를 하는 기관 사람들의 모습이.

뇌 해킹

가을이 흘러가는 동안 그는 계속 내게 말을 걸었다.

그는 내가 언론제보를 못 하게 막으려고 감시하는 듯했지만, 시간이 지나 생각해보면 그의 목적은 다른 곳에 있었을 거란 생각이 들었다.

그것들은 눈속임, 속임수였고, 가을 내내 나는 깊은 구덩이 안에서 바깥, 푸른 하늘을 쳐다보는 것처럼 나의 머릿속은 뇌에서 흘러나오는 전기신호와 그것을 광역적으로 수집하는 정보기관 내 기지국, 송수신기를 생각했고, 기계가 정상적으로 작동함에도 기기를 들여다보는 해킹 기술처럼 온전한 사람의 혼, 정신을 빼앗는 그 기술에 대해 생각했다.

그리고 그것들을 은연중 떠올릴 때마다 그는 나의 허벅지 살갗이 동창에 걸린 것처럼 부풀어 오르게 만들거나 뇌에서 벽돌 깨부수는 소리, 무언가를 쾅쾅 내려치는 소리를 듣게 했다. 전파 공격과 인공 환청을 이용해.

하지만 나를 가장 괴롭게 했던 것은 누구에게나 있을 엉뚱한 생각, 미성숙한 마음. 사랑, 창피함, 누군가를 미워하는 마음. 그리고 의식의 지평선에서 아른거리는 기억들. 비밀스런 감정.

다리가 다친 새가 상처가 나은 채로 훨훨 날아갈 수 있도록 보듬어주어야 함에도 나의 마음속에서 온전히 보관되어 있어야 할 그것들이 그가 내게 가하는 비하, 모욕 그리고 충격에 의해 쓰러지는 것이었다.

뇌 해킹

그날 이후, 어떤 생각이 떠오를 때마다 무언가를 바로 공책에 적어두었다.

가을이 흘러가는 동안 내가 무언가를 생각하면 그는 나의 생각을 한심하게 만들고, 하찮게 만들고, 모욕을 가했다.

그러면 나의 생각들은 엎어진 박스에서 이리저리 굴러가는 사과들처럼 데구르르 구르며 으깨져 버렸다.

너무 화가 날 때는 혼잣말을 하듯 욕을 하기도 했다. 옥탑방 안에서 속으로 욕을 하다 분노에 잠식될 것 같으면 꽥 소리를 지르기도 했다.

음지의 바퀴벌레들아! 사람한테 이게 무슨 짓이야!

그러면 그는 내게 좀 더 강도 높은 전파 공격을 가하거나 내가 심리적으로 자극될 만한, 분노에 젖어버릴 말들을 내뱉었다.

그러다 호흡이 가빠지며, 나의 심리가 무너질 것 같으면 그는 흥분한 죄수를 방 안에 가둔 채 사라지는 간수처럼 아무런 반응이 없거나 목소리를 서서히 낮춰 고통과 분노로 괴로워하는 나의 감정들을 관망했다.

뇌 해킹

그리고 그는 내가 걷잡을 수 없이 분노할 때마다 목소리를 낮추었는데 조그맣게 속삭이는 그 목소리를 들으면 기분이 이상해졌다.

마음이 흔들리는 기분이었다.

들릴 듯 말 듯한, 조그맣게 낮아진 소리를 듣고 있으면, 그 소리는 점점 낮아졌는데 그러다 마치 투명한 기포처럼 뇌 안에서 진공처럼 울리기만 했고, 그것을 듣고 있으면 내 자신이 스스로 무언가를 선택하는 게 어렵게 느껴졌다.

뇌에서 들리는 조그만 소리에 마음이 변하고, 조종을 당하고 있다는 게 느껴졌다.

누군가 레스토랑에 와 있고, A 메뉴와 B 메뉴 둘 중에 무얼 고를지 고민하다 A 메뉴를 염두에 둔다면 그는 조그맣게 속삭이는 목소리로 B를 선택하라고 재촉할 수 있고, 사람의 마음을 흔드는 그 조그만 목소리에 누군가 갑자기 메뉴를 A에서 B로 바꾸게 된다는 걸 알게 되었을 때 나는 기관, 그의 목적이 사람을 꼭두각시로 만들기 위한 실험이라는 걸 어렴풋이 인식하게 되었다.

그리고 그가 목소리를 10에서 5. 5에서 3. 3에서 1. 1에서 마침내 0. 차츰차츰 소리를 줄여가며 아무도 듣지 못하는 무음과도 같은 소리로 뇌신경 조종을 통해 결국에는 나 같은 사람이 아닌 중요한 누군가를 조종하려 한다는 것도 알게 되었다.

그리고 나는 머릿속에서 떠올렸다. 머리에 뇌파(brain wave)를 측정하는 모자를 쓰고 있는 정보기관 요원의 모습과 컴퓨터 화면에 나타나는 뇌의 알파파, 델타파. 그리고 내가 어떤 생각, 감정을 느끼면 동시에 그것을 똑같이 느끼며 의자에 앉아 있는 그의 모습과 그리고 화면에 나타나는 나의 생각, 감정들.

푸른 하늘을 생각하면 화면에 나타나는 푸른 하늘.

유년 시절의 가게와 사탕을 떠올리면 화면에 나타나는 기억 속 가게 안의 풍경과 사탕. 그리고 요원의 뇌로 전송되는 사탕의 맛과 향수. 그때의 느낌과 감정. 달콤쌉싸름한 기분.

민간이 알면 안 되는 과학 기술들.

뇌 해킹

그리고 나는 기관의 생체 실험의 목적에 대해 생각했다.

처음에는 10. 그러다가 5. 3. 1. 0까지. 점점 작아지는 목소리. 그러다 뇌 신경 안에서 울리는 듯한. 그러면서 마음이 흔들리고 변하는.

예를 들어 우리가 누군가와 가위바위보 내기를 할 때 마음속으로 보를 내겠다고 다짐하고, 손을 내미는 동안 뇌 안에서 전기신호가 발생하는데

??: 의식의 전 단계. 어떤 생각이 일어나기 전.

의식: 우리가 생각을 시작하며, 고민 끝에 가위바위보 중에 보를 내기로 결정.

뇌의 명령 – 신체의 반응: 손을 펼치며 보자기를 내밀게 됨.

??	의식	뇌의 명령-신체와 반응
	심리, 생각, 고민	행동, 동작

??의 단계에서 신체가 반응에 이르기까지, 뇌에서는 전기신호가 발생하는데, '??' 이 부분에서 인간의 영혼, 마음의 근원이 있고, 그것을 조종 조작할 수 있으면 인간을, 인간의 혼을 자신들의 꼭두각시로 만들 수 있을 거라 생각하는 듯했다.

그들은 ?? 단계일 때 뇌에서 발생하는 태초의 전기신호에 대해 연구하는 중일 거란 생각이 들었다.

그렇게 한 달이 지났을 즈음 그는 나의 감정과 관련된 신경을 건드렸는데 그때부터 기쁜 일이 있어 입가가 환하게 웃음으로 번져도 그가 뇌 신경을 건드린 순간 눈가에서 눈물이 고이며 슬픔이 밀려왔다.

마음이 평온할 때도 뇌 신경을 건드리면 알 수 없는 원인으로 문이 잠긴 뜨거운 방 안에 갇힌 것처럼 가슴 한 켠이 뜨거워지며 분노를 느껴야 했다.

그리고 그날 이후 그가 나의 감정 신경을 건드린 이후, 시간이 흐르자 나의 감정은 전신마취를 당한 것처럼 아무것도 느낄 수 없었는데, Ennio Morricone, David Foster, Andre Ganoun, 내게 눈물을 고이게 하던 음악을 들어도 더 이상 눈물을 흘릴 수가 없었다.

그리고 마음이 철제의자가 된 것처럼 사물화가 진행되었다는 걸 알게 된 순간 목까지 물이 잠긴 것처럼 무섭고 두려웠다.

뇌 해킹

가을이 흘러가는 동안 그가 내게 가했던 전파 공격과 뇌 신경 조작. 고문 방식은 조금 아프게 하다 쉬는 시간을 갖고 다시 조금 아프게 하는 식이었다. 경미한 두통, 울렁거림, 인공 환청.

그리고 이런 일을 당하면서 아무한테도 말할 수 없었다. 가족, 친척, 동료들한테도. 대중은 언젠가 알아야겠지만, 개인인 누군가가 이것을 알게 하고 싶지 않았다.

그리고 나의 생각이 흘러가는 동안 그는 그것을 관망하며 나를 영물 같다고 하였는데 봄부터 가을까지 이런 일을 당하면서도 시험에 합격하고, 시치미를 뚝 떼며 동사무소로 출근하는 모습을 제법이라고 우스워하는 듯했다.

언젠가 그는 내가 순전히 추론만으로 이탈리아 해킹 프로그램에 대해 알게 된 것을 놀라워했지만, 사람의 뇌를 통해 모든 정보를 수집할 수 있는데 무엇하러 해킹 프로그램을 쓰겠느냐고 말했다. 지금 나는 뇌를 통해 너를 들여다보고 있는 거라고 말했다.

가을이 흘러가는 동안 뇌파, 처음으로 발생하는 전기신호인 '??'에 대해 생각했지만, 그는 제법 똑똑하다는 듯한 반응을 보였지만 자세히 말하지는 않았다.

가끔 그는 짓궂은 장난, 기만술을 쓰기도 했다. 잠들기 전, 네가 잠들면 새벽 중에 철수할 거라고 말하며 여태까지 고생했다 말했다가, 다음날 아침이면 내게 인공 환청을 듣게 하는 식이었다.

가을 내내 그와 대화를 할 때는 전파를 약하게 맞으면서 상스런 욕들을 주고받다, 농담 따먹기를 할 때도 있었는데 그와의 대화 방식은 온탕과 냉탕을 왔다 갔다 하는 것만 같았다. 웃으면서 질펀하고 추잡한 대화를 나누다 고문을 받으며 마구 욕을 해댈 수밖에 없는.

그러다 나의 심리가 무너진 것은 그가 나의 감정 신경을 건드리고 나서부터였다. 그날부터 나는 어떤 음악을 들어도 아무 감정을 느낄 수가 없었고, 인간에서 사물이 됐다는 생각에 폐쇄공포 같은 것을 느끼며 고열에 시달리기 시작했다.

한밤중 응급실에 가 나흘 가까이 병원에 입원해 있었고, 내가 할 수 있는 것은 계속 생각하는 것뿐이었다. 무언가를 떠올리며.

그리고 내가 알던 세상은 물 위에 떠 있는 모습만 보았을 뿐 물 아래 숨어있는 건 못 봤다는 듯 나의 머릿속으로 지하실에서 고향이 어디야, 물으면 탈북자가 생각하는 동안 지상층, 기관 내부의 컴퓨터 화면에 나타나는 북한사회 풍경과 오기 전에 뭐 했어, 물으면 생각이 흘러가는 동안 컴퓨터 화면에 나타나는 과거의 일들.

공항 보안대에 선 누군가의 생각을 은밀히 판독하는 일. 의사당에서 의원들이, 언론사에서 기자들이 하는 생각들이 기지국, 송수신기를 통해 전기신호가 되어 광역적으로 은밀하게 수집되는 모습들이 그려졌다.

퇴원하고 나서도 나는 계속 생각했고, 언젠가 그는 내게 어느 봄날부터 보았던 특정한 동작을 하던 낯선 사람들, 그 사람들 중 정보기관 직원은 열 명 중 둘, 셋밖에 안 되었고 나머지는 내가 착각, 오인을 한 거라고 말했다.

하지만 이해가 안 되었던 것은 뇌를 통해 사람의 기억, 감정, 생각을 들여다볼 수 있음에도 내가 가는 곳마다 불쑥 나타났던 이유였다.

나는 곰곰이 생각했고, 미행, 감시를 당한다는 암시를 줌으로써 나의 내면 상태가 얼마나 충격을 받았는지, 공포를 느꼈는지, 그것들을 측정하기 위한 목적으로 단계적으로 이런 일을 벌인 거란 생각이 들었다. 마치 실험용 쥐를 안전히 다루려는 것처럼.

그해, 어느 늦가을, 나는 감정 신경 조작을 당하고 나서 극심한 공포와 절망에 빠져 있었고, 그도 시름시름 앓던 나의 상태를 읽었는지 진심으로 철수하려 하는 듯했다.

언젠가 그는 내가 봄부터 가을까지 미행을 당한 이유마저 맞히자 으하하! 그것마저 맞히나. 하며 호탕하게 웃는 듯한 소리를 냈는데 그때 그의 목소리는 갈라지는 듯하더니 뱀이 허물을 벗듯 중년 남자의 목소리로 변해 있었다.

전설, 옛 민담에서 늦은 밤, 방 안에 김 진사와 부인이 앉아 있는 것만 같아 반갑게 문을 열면 방 안에는 허물을 벗은 뱀이 똬리를 틀고 있는 것처럼.

목소리마저 가짜였었다. 다른 사람의 목소리였다는 듯. 같은 목소리를 쓰는 사람이 둘, 셋이었다는 듯.

떠나기 전, 그는 보통 이거 당하면 미쳐서 골로 가는데 넌 배짱도 두둑하고 우리가 해치기 아까운 놈이라는 말을 했었다.

그리고 찰나에 그는 나의 생각을 읽었는지 계약서를 내미는 파우스트 속 메피스토처럼 소설로 써도 되지만, 피곤하게 굴지는 말라고 했다. 그것이 어떤 의미인지 알 수 있었다.

그리고 그의 목소리는 사라졌다.

2020년. 서른한 살, 9월 초순부터 11월 중순에 있던 일이었다.

그렇게 가을은 흘러갔고, 마침내 봄부터 가을까지, 내게 일어났던 이상한 일들은 지나가버렸다.

소감은 윤흥길의 '장마' 같았다.

가 을

그리고 그런 일이 있은 지 3년이 흘렀고, 가끔 아직도 계속 생각하게 되었다. 국내 어딘가에서 누군가를 상대로 이런 짓을 계속 하고 있는지.

사회적으로 단절되고 소외된. 누군가한테 별다른 도움을 받을 수도 없는.

누군가에게 도움을 받지 못하고 폐인이 된 사람들의 한이 떠올랐다. 일반적인 민간사찰과는 다르다고 생각했다. 중요한 인물 누군가를 미행하며 존안 자료를 작성하는.

심리정보국. 뇌 신경. 뇌 과학을 연구하는 과학
보안국의 존재 그리고 인공환청. 뇌 신경에서 진
공 같은 것이 느껴지며 마음이 조종당하는 듯한
느낌을 받던.

그 사람들이 철수한 후, 가을이 흘러가는 동안
나는 혼자서 내게 일어난 일과 관련된 것에 대해
계속 연구했고, 그리고 그해 가을이 지나고 나서,
나의 자아를 이루고 있던 인식, 관념 같은 것들은
많이 변해 있었다.

국내 정보기관이 얼굴이 드러난 높은 자리의
사람에게 지시를 받으며 움직이는 게 아니라 독
자적으로 기관의 이익을 위해 움직인다는 느낌을
받았다.

행정부 수반, 입법부의 인물들을 기만하고 뒤에
서는 은밀히 그들의 약점을 캐는.

가 을

(이루마 - Destiny of Love ♪)

그리고 서른두 살 가을. 그런 일이 있은 지 1년
이 흘렀을 때 나는 서른두 살이었고, 계절은 가을
이었다.

동사무소의 2층 창가로는 가을햇살이 들어왔
고, 1층 민원대에서 1년이 흘러가는 동안 등본, 초
본, 가족관계증명서 등 서류 발급 업무를 맡다 2
층 대강당 안에서 사수에 해당하는 동료 직원과
상생 국민지원금 업무를 맡게 되었다.

그리고 1년 전, 내게 일어났던 일들로부터 정신적으로 회복하려고 새로운 취미들을 배워봤다.

칵테일을 만들어보기도 하고, 스쿼시를 하기도 했다. 와인을 마셔보기도 하고, 피아노를 쳐보기도 했다. 잠깐잠깐 하다, 배우다 말았지만.

1년이 흘러가는 동안 소설은 잘 써지지 않았다. 실어증 중에 문법적으로 결함이 생겨 접속사와 조사가 잘 구분이 되지 않는 것처럼 글을 써도 엉망이 되었고, 다음날이 되면 다시 지우고, 또다시 써도 계속 지워야 했다.

옥탑방을 내놓은 것은 몇 달 전 봄에 있던 일이었다. 서른한 살 봄, 처음 고시원을 써봤고, 그 후 여름에는 원룸으로 옮겼고, 가을에는 옥탑방으로 옮겼었다.

서른한 살 가을부터 서른두 살 여름까지 위층 집은 빈집 상태로 있었고, 가을에는 새 이웃이 이사를 왔다.

그렇게 가을은 흘러갔고, 모든 것은 평온했다.

잔잔한 호수의 떨림

임용되고 나서 연수원에 처음 가보았던 것은 서른둘 여름이었다.

차는 수원에 있던 경기도인재개발원 안으로 진입했고 도로를 따라 여름햇살 아래 가로수들이 늘어서 있었고 길옆에는 넓은 운동장이 있었다.

연수원 안쪽에는 강당, 교육장으로 쓰이는 건물 두 채가 있었고, 1층에는 매점과 카페가 있었다.

백여 명이 넘는 교육생들은 부채를 펼친 모양으로 대강당에 앉아 있었고, 연단에 서 있던 강사는 오후에 현충원 참배를 하러 갈 건데 앞에 서서 대표로 추모식을 할 사람은 손들어 달라고 했다.

그날, 내게 왜 그런 우연, 행운이 찾아왔는지 모르지만, 그것은 무릎 위로 사뿐히 깃털처럼 떨어졌다. 아무도 손을 들지 않는 조용하고 적막한 가운데 무언가 나의 내면에서 어떤 힘이 작용한 듯 얼떨결에 손을 들었고 교육생들의 대표가 되어 추모식을 진행하게 되었다.

점심을 먹고 나서, 연수원에서 출발한 버스는 1시간가량 노량진 동작구에 있는 현충원으로 이동했고, 버스에서 내린 다음 현충원 입구에 선 교육생들은 현충탑을 향해 나아갔다.

뒤에는 질서정연하게 교육생들이 줄을 맞춰 서서 조금씩 앞으로 걸어나갔고, 나는 맨 앞에 서 제식을 하는 헌병들에 맞춰 향합대까지 걸어갔다.

향로에 서 있던 현충원 직원분은 내게 흰 장갑

을 건넸고, 나는 흰 가루를 손에 한 움큼 움켜쥔 다음 향불 위로 조금씩 뿌렸다.

추모식이 끝나고 버스를 타고 연수원으로 돌아오는 길에 창가에 앉았을 때 우연히 복도 쪽 좌석에 앉아 있던 동료1을 보았다. 얼굴이 예쁘고 하얗던. 그리고 내게 용기가 있었다며 부럽다고 말했던 동료2도.

그때 나는 많은 동료들과 친구가 되고 싶었지만 그해 여름, 나의 마음은 완전히 자유롭지 못했고, 내 마음 속에서 일어나는 감정들은 딸꾹질을 하듯 그것을 계속 숨겨야 할 것만 같았다.

3주가 흐르는 동안 많은 즐거운 일들이 있었고, 마지막 주에는 동료들과 다 함께 놀이공원을 가기도 했었다.

무더웠던 그해 여름은 빨리 지나가버렸고, 텅 빈 운동장과 연수원을 떠나버린 버스.

한 해가 흘러 새로운 곳으로 발령받아 그곳에서 출장을 나가다 이곳을 지나쳤을 때 여름햇살에 순록처럼 반짝이던 잎들은 가을이 되어 바람을 기다리다 어느새 노랗고 발갛게 물든 얼굴로 땅에 떨어져 자신의 이야기를 전달하려 사각거리는 소리를 들려주고 있었다.

　그리고 가을, 텅 빈 운동장, 교육장 건물 속에서 떠오른 교육장의 풍경, 우연히 만난 동료들. 싱그러운 웃음소리와 놀이공원을 함께 갔던 추억들.

　그리고 그해 여름, 내가 느꼈던 싱숭생숭한 감정들. 아련함. 떠오르는 얼굴 하나.

　잠깐 멈춰 세운 차의 반쯤 열린 창문 안으로 가을바람이 들어오고 있었고, 길가 위에는 단풍잎 은행잎들이 쌓여 있었다.

겨 울

그리고 서른셋 겨울. 동사무소에서 근무한 지 2년이 조금 넘었을 때 시의 외곽에 있던 환경사업소로 새로 발령받았다.

목감천과 물 위에 얼어붙어 있던 얼음. 시골길 같은 풍경. 시멘트 도로. 붉은 벽돌과 담벼락 위로 잎이 다 떨어진 앙상한 가지를 드리운 나무들.

사업소 뒤편으로 펼쳐진 논밭. 논밭 너머 외곽 도로를 달리는 차량들.

그해 겨울, 나는 다시 소설을 쓸 준비를 하고 있었다. 그리고 눈을 감으면 보이는 풍경들. 공책, 볼펜. 소설로 떠나는 기억 여행.

기억 여행

스물둘 겨울. 미니버스는 겨울햇살 아래 반짝이던 임진강 물결이 흐르는 다리를 건넜고, 임진강 초소로부터 문산역은 멀다면 먼. 가깝다면 제법 가까운 곳에 있었다.

전역모를 쓴 채 역 승강장에서 열차를 기다리던 순간과 열차의 차창 밖으로 보이던 개울물과 겨울햇살 아래 흔들리던 갈대 잎과 억새풀들.

기억 여행

스물셋 봄. 강의실 안으로 봄 햇살이 들어왔고, 책상 위에 놓인 영미 시 교재.

시, 로버트 프로스트의 가지 않은 길.

그리고 대학시절 단짝이었던 태수가 들려주던 이야기들. 나를 즐겁게 하던.

기억 여행

그리고 스물여섯 가을. 어머니가 근무하는 매장의 전신거울 앞에 서 슈트를 입어보던 순간과 다음날 점심. 서울역의 대로 위에 즐비한 빌딩들.

드라마 같았던 사무실의 풍경과 그 안에서 만났던 터프하고 멋있는 동료들.

기억 여행

스물일곱 봄. 이직하던 순간. 섭외와 브리핑.

사업장 안에서 돌아가던 프로젝트 빔. 스크린 위로 나타난 세미나 화면들.

어느 날, 가을. 팀장 B에게 걸려온 전화.

"성환 씨. 가산으로 브리핑하러 나와 주실 수 있어요?"

그리고 그날, 넥타이를 안 하고 나가자 빌딩 지하에 주차되어 있던 자신의 차의 트렁크에서 여분의 넥타이를 꺼내던.

　"우리는 고객님들한테 보이는 모습도 중요해요."

　그리고 그때 보았던 자기 일에 자긍심을 갖고 일하는 멋과 근사함.

기억 여행

그리고 스물아홉 겨울. 노량진을 오가던 상행선, 하행선 열차. 강의실의 풍경과 창문 밖 저녁노을. 사육신 공원에서 보던 한강 물결.

심심한 주말이면, 혼자서 찾던 소극장, 카페, 서점.

서른한 살 여름에는 바다를 보러 떠났던 여행. 푸른 바다와 철썩거리는 소리를 들려주던 파도.

기억 여행

그리고 서른셋 가을. 오랜만에 가족여행을 떠났다.

차 안에서 불현듯 아빠는 내게 물었다.
"요즘도 쫓아다니는 사람이 있냐?"
그리고 나는 그 사람들이 일이 생겼는지 코빼기도 안 보인다고 말하며 빙그레 웃고 말았다.
긴장이 끝나며 피아노 위로 모든 음들이 황홀하게 날아가 버리고 손을 건반 위로 가뿐히 내려놓는 것처럼.

그리고 가을햇살 아래, 강원도 양양의 휴휴암 사찰의 절벽 밑으로는 에메랄드빛 바다가 펼쳐져 있었다.

기억을 한다는 것과 소설을 쓰던 어느 날 봄에

서른셋 겨울부터 서른넷 봄에는 소설을 다시 쓰고 있었다. 어느 여름날에 중단했었던. 소설의 제목은 '별이 빛나는 밤'이었는데 기억에 관한 소설이었다.

지나간 시간들. 우연. 잊힌 인연. 누군가에 대한 어떤 풍경에 대한 강렬한 인상. 들끓는 감정과 마력과 같은 순간. 슬픔과 기쁨이 머물다 간 자리. 환희에 젖던 순간. 관문 앞에 선 듯 긴장에 얼어붙던 마음. 옛 친구들. 다정다감한 웃음과 목소리. 계절의 풍경과 여행의 안식.

눈을 감으면 보이는 풍경들. 기억 속의 풍경들.
그 낯선 길을 천천히 걷다 보면 나타나는 그것들
은 골목길 어귀 약속 장소에서 한참을 기다리고
있던 옛 벗처럼 즐겁고 설렌 얼굴로 기다리고 있었
을 거란 생각이 들었다. 실은 아주 오래전부터 내
가 오기를 기다리고 있었다는 듯이. 나의 내면, 의
식, 마음 어딘가에서.

새

그리고 나의 마음이 온전히 자유로워졌던 것은 서른셋 가을이었다.

지그지글러는 세일즈맨의 대부다. 히터를 팔 수 있으면 남극도 갈 수 있고, 에어컨을 팔 수 있으면 사막도 갈 수 있는.

백발이 된 그는 젊은 시절, 서부와 남부를 돌아다니며 세일즈맨들을 상대로 강연을 하기도 했다. 그리고 어느 날, 그는 이렇게 말했다.

어느 날, 새를 움켜쥔 꼬마가 자신에게 다가와 손 안에 든 작은 새가 날 수 있는지 없는지 물었다. 수수께끼를 내듯. 그리고 정답을 모르던 그는 영리한 세일즈맨답게 이렇게 답했다.

네가 그것을 꽉 움켜쥐고 있으면 새는 날 수 없겠지만, 손을 활짝 펴면 새는 날아갈 수 있을 거라고.
그러니까 그것은 너의 마음에 달린 일이라고.

대답을 들은 꼬마는 손을 활짝 펼쳐보였고, 새는 창밖으로 훨훨 날아가 버렸다.

서른셋 가을. 나는 심호흡을 하듯 조용히 눈을 감았고, 조금 있다 살며시 다시 눈을 떴을 때 가을바람에 흔들리는 단풍잎, 은행잎이 보였고 길가 위를 지나가는 사람들. 도로 위의 차량들. 한적하고 평온한 풍경이 보였다.

그리고 들을 수 있었다. 선선한 바람과 가을 잎들이 만들어내는 화음을.

깃 털

서른셋 겨울. 환경사업소로 발령받아 회계, 서무 업무를 맡게 되었고, 그리고 그날 이후 반복되는 날들 속에서 서른넷 봄. 어떤 것. 무언가를 기억하며 계속 글, 소설을 쓰고 있었다.

언젠가 문학에 매료되었던 이유에 대해 생각해본 적이 있었다. 아마도 문학에 매료되었던 이유는 학생시절 한 편의 시집을 읽고 나서였던 것 같다. 그 후, 계속 문학에 빠져 있었다.

하지만 누군가 글을 쓴다는 것. 문학을 한다는 것의 존재 이유에 대해 묻거나 혼자서 생각해본다면 뭐라고 대답해야 할지 몰랐다.

하지만 나는 생각했다. 그건 아마도 기억 속 어딘가에 조용히 머무르고 있었던 나의 생각, 느낌, 감정들을 인연처럼 만날 수 있다는 것.

그리고 그런 생각, 느낌, 감정들이 필연처럼 내 마음속 어딘가에 웅크리고 있다 먼 곳에서부터 긴 시간을 따라 천천히 다가오고 있었던 것인지 아니면 우연처럼 문득 공상에 빠진 사이 짓궂은 불청객처럼 슬며시 나의 마음속으로 들어온 것인지 알 수 없지만 나는 생각했다.

언젠가 지금 이 순간도 나의 기억 속 풍경 어딘가로 우연, 행운, 작은 깃털처럼 사뿐히 내려앉을 거라고.

그러자 서른넷 봄, 지금 이 순간이 사랑스럽게 느껴졌다.

저녁, 환경사업소를 나왔을 때 붉은 담벼락 위로 나무의 봄 잎들은 바람에 살랑거렸고, 목감천의 물결 위로 저녁 해의 노을이 번지고 있었다.

사업소에 불은 꺼졌고, 하천 맞은편의 정류장으로는 마을버스와 차들이 지나가는 모습이 보였다.

그리고 마침내 겨울이 지난 어느 봄날 저녁, 버스의 창밖. 논밭과 낙조로 물든 붉은 하늘 사이로 위로 새들은 날고 있었다.

서른둘 봄부터 별이 빛나는 밤을 썼고, 겨울에
는 문학의 밤을 썼었다. 문학의 밤과 블랙요원은
소설 속에서 시간, 공간 등이 미세하게 다른 부분
이 있지만. 블랙요원은 문학의 밤과 형제 작품이거
나 아니면 이런 표현이 맞을지 모르겠지만 확장판
정도로 명하고 싶다. 문학의 밤에서 하지 못했던
이야기를 해보는.

소설을 쓰면서 가끔 이런 즐거운 상상을 할 때
가 있다. 정식 작가가 아니기 때문에 독자라는 표
현은 어색할 것 같고, 소설을 읽은 어떤 이가 내게
이야기가 사실인지 거짓인지 물어보는 그런 상황.
그러면 나는 그것이 진실임에도 어색하게 웃으며

지어낸 얘기라고 달콤한 거짓말을 해보는.

하지만 소설의 참된 가치는 그것이 사실이든 거
짓이든 그것을 읽어가는 동안에 읽는 사람의 마음
속에서 단어, 문장, 이야기들. 그것들이 어떤 하나
의 의미로 남는다는 것.

그것은 초록빛 잎들이 단풍잎, 은행잎으로 차츰
물드는 과정과 같은 거라는 생각이 든다.

어쨌거나 모든 소설들은 항상 허구라는 알쏭달
쏭한 수수께끼, 비밀스러우면서도 신비한 그 영역
에 남아 있기를 원한다.

그러므로 블랙요원을 마치면서 이 소설은 허구이며 그것이 실제 현실과 일치하는 부분이 있다 해도 그것은 어디까지나 우연의 일치일 뿐이라고 말하고 싶다.

2022년 겨울부터 2023년 봄까지

윤성환 쓰다